小羊不會唱情歌

The Lamb Can't Sing Love Song.

喜歡就是，
有時明知不可以，
卻還是抵擋不了動心。

Misa 著

楔子

我時常想起當時的畫面，那是他第一次把話說得那麼明白。

我看得出來他努力壓抑著自己的情緒，盡量不令我太過難堪。

而我也清楚，她，是我們兩個都必須面對的問題。

我們遲早要談的，我們早就該談談。

「如果一定要逼我選一個，那我會選她。」

我深吸一口氣，這個答案，對我們兩個來說想必都不意外。

但或許他會認爲，我是爲了維護友情。

只有我自己知道，那更深層的、更悲哀的理由。

「那我們就這樣吧。」

我們從沒說過要開始，所以，這也不能算是結束。

第一章

「說『如果』沒有任何意義，因爲這世上根本沒有所謂的『如果』。這兩個字是我最討厭的兩個字。」我斬釘截鐵地表示。

「那改成『假如』呢？」

「好，『如果』和『假如』，都是我最討厭的兩個字。」

「那……改成『假設』呢？」

「姬品珈，妳是找碴嗎？」我伸手作勢打她。

「哎呀，問一下都不行，脾氣怎麼這麼差呀？動不動就要打人。」姬品珈嘿嘿笑著，嘴角凹陷的梨渦點綴在她精緻的臉蛋上，顯得格外合適。

「因爲妳欠打啊！」我沒好氣地說。

「我只是想問妳，如果康榆跟妳告白了，妳會不會答應而已，這樣也不可以？」姬品珈托著腮，墨綠色長髮隨著恰好吹來的風飄揚，看起來美極了。

「我就說了，我不喜歡假如、如果、假設之類的詞語，事情明明還沒發生，爲什麼要先去想怎麼面對？」我頓了一下，「或者，明明已經是無法改變的事了，又爲什麼還要去想？」

「就是因爲還沒發生，才要先思考遇到了該怎麼辦，未雨綢繆呀！」姬品珈隨手將長髮綁起，「而若是無法改變，我也會想知道，如果當初做的選擇不同，是不是結果也會不同。」

「我們又回不到過去，何必思考這種沒意義的事，說不定反而會造成什麼傷害。」我拿起放在一旁的化學原文書，「要打鐘了，快走吧。」

姬品珈跟著起身，她那雙修長的腿堪比專業模特兒，十分亮眼。她歪頭說道：「我倒是很喜歡思考假設性問題，雖然人生只有一次，但透過想像，我就能過上各種不同的人生。」

「例如？」

「例如國小畢業時，如果我答應了班上某個男同學的告白，那現在他變得超級帥，我就會有個帥男友！或是高中時，如果我再認眞一點念書，也許成績就能多個兩級分，考上另一所大學，在那邊遇見國中時暗戀的學長。」姬品珈雙手捧著臉頰，兩眼發光訴說著她的妄想。

「妳的外型跟內在反差還眞大，明明那麼美豔，長得像玩世不恭、招蜂引蝶的輕浮型女生，事實上卻是充滿夢幻想法的小女人。」我兩手一攤。

「妳不也是？明明姓羊，卻不是羊咩咩，而是嘴毒的現實女。」姬品珈嘟起嘴，她的外貌讓她總被誤會成是玩咖，可其實她連眞正的初戀都沒經歷過。

而我剪了個妹妹頭，氣質有如溫和無害的日系女孩，不過內在完全是卡羅萊納死神辣椒——這可是世界最辣的辣椒。

「難道妳的心中不曾存在過任何一點點的妄想嗎？」姬品珈勾上我的脖子。

「妳這樣我很難走路。」我把手放在她的腰際，維持平衡，結果幸運繩不小心卡在她的衣服的裝飾皮帶上。

「都什麼時代了，妳還在戴幸運繩呀。」姬品珈解下皮帶，我們小心地把幸運繩取下來，我仔細檢查，還好只有幾條線稍微鬆脫。

「不是說幸運繩斷了，願望才會成眞嗎？」姬品珈將皮帶扣回去。

「我這個不是用來許願的，是和高中時的死黨一起做的，象徵我們的友誼。」

「哇，我和高中同學都沒聯絡了，看來妳們感情很好。」姬品珈聳聳肩，我沒有回應。

一進教室便發現班上的女生們歡騰不已，男生們則神情帶點不屑，我和姬品珈好奇地靠近幾個女生圍起的小圈圈，身爲公關的王亦嫻一看見我們，立刻將一張紙遞過來。

「人數有限，有興趣嗎？」她外表看似婉約，個性卻十分熱情，舌環在她說話間若隱若現地發亮。

「什麼人數？」我問，王亦嫻微微一笑。

「當然是聯誼啦，不然是念書夥伴嗎？」她調侃，其他人大笑起來。

「哪個系？」姬品珈跟著問。

「不是我們學校的，是我高中同學念的大學。有興趣嗎？」王亦嫻在我們面前晃手機，螢幕上是一個瘦小男生的照片，「看起來是個好人吧？不用擔心。要參加的話，就讓我用手機拍一張妳們的照片吧，對方的主辦人也會把參加者的照片都給我，不過只有我們兩個主辦會先看過，這樣妳們當天才有驚喜。」

「是要經過審核的意思？」有個女生問。

「當然，品質很重要。放心，我們這邊都是上等貨。」

「謝謝老闆娘。」另外幾個女生搞笑地回。

王亦嫻相當熱衷於交朋友，且自有一套原則，無論是抽學伴、系所聚會，或是與外系聯誼，她都會精挑細選，避免大家踩到地雷。

「妳要參加嗎？」姬品珈徵詢我的意見。

「多交點朋友沒什麼不好。」我聳肩，於是王亦嫻興奮地舉起手機，還說她用的是有濾鏡的美肌相機，要我們不必擔心。

「很好，那麼就額滿啦！」王亦嫻向大家宣布。

「妳也參加了？」

我找了個位子坐下，康榆跟著坐到我前方的座位，轉過頭微蹙著眉問。

「是呀。」我理所當然地回答。

「嗯……這樣啊。」他欲言又止，沒再說話卻也不離開，我的眼角餘光彷彿可以瞥見一旁的姬品珈正在竊笑。

「快上課了，先這樣吧。」我趕緊打發康榆。

他有些不情願地返回他原本的座位，而姬品珈還沒開口，我光看她的賊笑模樣就知道她絕對狗嘴裡吐不出象牙。

「別亂說喔妳。」

「康榆那個態度是把妳當成自己的所有物啦，那是占有欲，他不希望妳去參加聯誼。我猜，他一定很快就會跟妳告白的！」姬品珈一口氣講完。

「無聊。」

「妳會答應還是拒絕？」她壓低聲音，「我這一次可沒說『如果』。」

「等發生了再說。」我敷衍，這時王亦嫻走到我們桌邊。

「兩位，我剛才忘記說，男方的主辦人今天會先幫大家抽好配對，而聚會在週六晚上，妳們沒問題吧？到了現場，他們會分配位子，一切驚喜就留待當天啦。」

「可以啊，沒問題。」我立即回。

王亦嫻挑起一邊眉毛，「康榆會不會生氣呀？」

我忍不住皺緊眉頭，王亦嫻不以為意，笑笑地拍拍我的肩膀，繼續把消息告訴其他參加聯誼的人。

「為什麼大家都要跟我提康榆？」我轉過頭，用只有我們兩個能聽見的音量問姬品珈。

「這不是很明顯嗎？」姬品珈一攤雙手，彷彿我問了多蠢的問題似的。

「我沒給過他任何期待，不是嗎？」

姬品珈瞪大眼睛，「妳的意思是，妳會拒絕？」

「我比較訝異妳以為我會答應。」

「你們會一起吃飯，晚上還會用LINE聊天不是嗎？也會講電話！」姬品珈是在我的手機裝了什麼追蹤程式嗎？為什麼她這麼清楚？

「一起吃飯只是剛好遇到，用LINE聊天並不是持續不間斷，只是他敲我、我卻不回，那不是滿奇怪的嗎？再來，我們講電話其實都是聊學校的事。」我再次皺眉，

「我認爲自己沒給過他任何遐想的空間。」

「連身爲妳朋友的我都以爲妳會答應了，其他人的想法就更不用說了。」姬品珈尷尬地勾起笑，「所以，康榆也肯定是這麼想。」

「爲什麼大家都這樣以爲？而且嚴格說起來，我和他吃飯、私下聊天這類事情，應該只有我們彼此才知道。」

「嗯，妳只跟我說過，因此其他人之所以曉得……」姬品珈邊說，邊偷偷瞄向康榆所在的方向，「也是可想而知嘍。」

我順著她的目光望向康榆，他剛好與我對上視線，朝我眨了眨眼。

我沒有理會他，很快低下頭，雖然想專注在這堂課上，卻不禁擔心起自己是否眞的做過什麼可能讓康榆誤會的舉動，於是我拿出手機，點開與康榆之間的聊天室。大多數內容，都是他主動問我在幹麼、吃飽了沒有，以及傳一些有趣的網頁連結或新聞給我而已。

我不曾主動開啟話題，可是也不曾無視他，因爲我認爲回應是種禮貌。難道就是這樣，才導致他誤會了我對他也有意思？

「羊子青，妳喜歡我對不對？」

這句話猛然浮現在我的腦海。

在某個金澄澄的午後，那個人曾經這麼向我確認，當時他的眼神幾乎是肯定的，還流露出幾分玩味，顯然是想看看我會不會又紅了臉。

當年我是做了些什麼，才能使他如此確定我喜歡他呢？

我凝視著右手的幸運繩，以左手覆蓋上去，緊緊包覆起來。

在那件事之後，我總是會想到巫小佟以及謝荏恩，那兩個與我一樣擁有幸運繩的死黨。

「子青，也許妳暫時不要再和小佟聯絡比較好。」

我們最後一次交談時，謝荏恩十分爲難地說出了這句話，至今仍言猶在耳。我也認爲對那時的我們來說，這是最合適的決定。

自從高中畢業後，已經過了快一年，即便我們三個暫時沒有聯繫了，不過我相信幸運繩一定都還戴在我們的手腕上。

我再次握緊幸運繩。只要它還沒有斷，我們的友情就也沒有斷。

下課時，我和姬品珈討論著等等要去哪吃飯，康榆卻再次靠過來。稍早才從姬品珈口中得知大家對我和康榆的看法，我此刻對康榆有些抗拒，不想和他有太多接觸。大概是心理作用，我總覺得班上的人都在看我們。

「子青，妳等等有空嗎？」他開口，有幾個男生竊笑著，那模樣顯然是在看熱鬧。

「我和品珈要去吃飯。」我立刻抓住姬品珈的手。

「啊……那個，姬品珈，今天可以把子青借給我嗎？」康榆抓了抓後腦，濃密的眉毛稍稍皺起，還算端正的五官流露出懇切，「今天是我的生日。」

「這……」姬品珈一臉爲難。如果康榆是在上課前邀請我，那姬品珈絕對會答應，但如今她已經曉得我對康榆沒意思。

「今天眞的沒辦法。」我握緊姬品珈的手臂，並連忙背上背包，邁步就要走，「生日快樂喔。」

沒想到，康榆一把拉住我的手，過大的動作引來了更多人注意。

「拜託，我都訂好餐廳了，就當作是我的生日禮物，讓我請妳吃飯吧。」康榆哀求，一副可憐兮兮的樣子，手上的力道卻十分強硬。

「妳就跟他去吧。」向來容易心軟的姬品珈在我耳邊輕聲說，我瞪了她一眼，「不是呀，妳如果要拒絕，也得先讓他告白，對吧？」

「我可以選擇冷處理。」我迅速回應，冷眼瞧著康榆，「今天你生日，還讓你請我吃飯太奇怪了，你去找你的女朋友吧。」

我用明確又不至於造成尷尬的方式回絕，不忘帶上微笑。

「我沒有女朋友，所以才找妳吃飯。」康榆不知是沒接收到我的訊息，還是厚臉皮到故意裝傻。

「就跟他吃飯嘛，當成他的生日禮物呀！」一旁的男生們跟著幫腔，我實在很厭惡這種趕鴨子上架的狀況。

眼看我就快要翻臉，姬品珈趕緊拉了下我，然後大聲說：「你取消原本訂的那間餐廳，我們改去其他地方吧，找個大家都能一起去的餐廳，人多一點，慶祝起來不是更開心嗎？」

雙方各退一步，場面才不會難堪。

好吧，我明白姬品珈的用意。

「我有個高中同學在美式餐廳打工，應該可以幫我們安排座位，餐點還能打折，我們就去那吧？」

於是我提議，聞言，康榆也不再堅持，班上其他人紛紛附和，最後總共足足有二十個人一同前往。

「子青，你們的包廂在那邊，九點有人訂位，因此九點前必須離開，可以吧？」身穿繽紛制服的張茗音指著包廂的方向，她的一頭長卷髮梳成包頭，耳垂上的耳環閃閃發亮。

「謝啦，麻煩妳了。」

「小事情。」張茗音瞥了下和我一起來的同學們，「既然來這慶生，又要我臨時安插座位，那我有權利知道是怎麼回事吧？」

我注視著張茗音，她是我高二、高三時最要好的同班同學，雖然有些八卦，但性格大方，也夠有義氣。我沒猶豫太久，就把康榆的事告訴她了。

「表錯情的男人啊，哎呀，眞麻煩。」張茗音搖搖頭，故意問，「那需要我們幫忙唱生日快樂歌嗎？」

「完全不用。」我堅定回絕，不忘附送一個大白眼。

張茗音大笑出聲，接著忽然打量起我，我內心一揪，大概猜到她會想說什麼，所以馬上結束話題，「我要過去同學那邊了，非常謝謝妳的幫忙。」

「羊子青。」她在我背後喊，「我十點下班，妳願意等我一下嗎？我們去吃個消夜之類的。」

我明白張茗音並不是真的想和我吃消夜，她是想聊些什麼。

可惜的是，我並不想。

「我九點後還有事。」我轉過身，微笑拒絕她並快步走向包廂，卻不小心撞到一個男人。

「對不起。」我道歉。

「沒關係。」男人盯著我看了幾秒，笑了笑便朝吧檯處而去。

「羊子青！」張茗音又喊了我一聲，我趕緊離開，不讓她有機會多問。

進入包廂，只見所有人都已經點完菜，各自找好位子坐定了。我很後悔自己剛才顧著在外面和張茗音說話，導致耽擱了時間，因為大家居然留了康榆旁邊的空位給我。

姬品珈的臉上流露出歉意，在眾人起鬨的狀況下，我想她也難以阻止。

我深吸一口氣，來到康榆身邊坐下，他露出欣喜的笑容，幾個同學跟著興奮地鼓譟。

「抱歉，我無能為力。」姬品珈悄聲說。她原本找了個離康榆最遠的位子，也替我留了一個空位，但大夥兒就是要我坐在康榆身邊，他們認爲今天是他生日，姬品珈應該成全康榆的願望。

我拍拍姬品珈的手背，告訴她我不介意。

幸好一頓飯吃下來，其他人沒有太刻意把話題放在康榆和我身上，反而聊起了外系的車禍事件。

「電機系的學生這個月已經發生第三起車禍了，大家都說他們系可能卡到陰。」

發話的是康榆的好友，蕭大方。他確實長了一副大方的臉——不是臉型方正，而是他看起來就是隨時都會說出「這一頓我請客」的豪爽類型。

「是在側門那條彎道嗎？如果是那條彎道，不是因爲什麼卡到陰吧，只是那邊視線死角多，再加上大家都騎太快了。」姬品珈試圖用科學的方式解釋。

「那爲什麼都是電機系出事？」蕭大方反問。

「可能電機系的人騎車技術不好。」康榆開玩笑地說，引來哄堂大笑。

「啊，差點忘了重頭戲，我們有準備生日蛋糕喔！」

不知是誰這麼有心，又是何時買好了蛋糕，總之告知服務生後，過了一會兒，張茗音便端著蛋糕和兩、三個服務生一塊進來，唱起生日快樂歌。

我瞇眼。剛才不是說不需要了嗎？

唱完歌，所有人用力拍手高喊「生日快樂」，接著起鬨要康榆許願，而張茗音還站在包廂裡，面帶笑意旁觀。

「嗯，我的第一個願望是希望大家身體健康，學分全都順利拿到。」康榆的第一個願望中規中矩，引來不少噓聲。

「許點與愛情有關的吧！」某個白目提議，氣氛瞬間更加歡騰，大家毫不掩飾地將目光移到我身上。

「希望……我喜歡的人也喜歡我。」康榆說完，瞄了我一眼，然後閉起眼睛許下最後一個願望，吹熄了蠟燭。

「羊子青，妳覺得康榆的願望會實現嗎？」蕭大方大聲問我，其他人此起彼落地附和。

「願望說出來就不會實現了。」我淡淡回應，換來一些人的尷尬無語，與更多人的笑聲。

吃完蛋糕，時間也差不多了，大家紛紛作鳥獸散。當我和姬品珈準備走出包廂時，發現康榆居然站在包廂外等我。

「生日快樂，再見。」我不想給他說話的機會，飛快地再次祝賀他便要離開。

「給我一點點時間就好。」康榆卻更快地攔下我。

姬品珈尷尬地看了看我和康榆，「那我在餐廳門口等妳。」說完，她快步跑開。

好吧，既然遲早都要面對，不如就現在面對吧。他告白也好，我才能拒絕。

「你說吧。」

康榆抓著頭，吶吶道：「如果……我是說如果。」

又是如果。

「如果我和妳告白，妳會怎麼樣？」

「沒有如果。」我不懂爲何連告白都要用假設語氣，「我討厭如果這兩個字。」

因爲『如果』沒有意義，因爲『如果』只是一種自我保護，逃避責任的自我保護。

「那如果……不對，假如我說，我喜歡妳呢？」

我深吸一口氣，對上康榆的雙眼，「我喜歡你這個朋友，僅此而已，不會再多。」

如此一來，他該明白我的意思了。

康榆臉上的笑容與羞赧消失，取而代之的是不可置信的表情。

「但是妳……」

「子青，妳在這呀。」張茗音突然走過來，順手解開自己的圍裙，「我去拿包包，妳等我一下。」

我其實沒和張茗音約好，況且也還不到她下班的時間，她大概是要爲我解圍。康榆見狀，迅速轉身離去，沒有道別，也沒有向張茗音點頭示意。

「這樣是拒絕了吧。」張茗音吐口氣，「也不算沒給他臺階下吧？」

「我不確定。」我感覺像是虛脫了一樣，「謝了。」

「沒什麼，不過他挺帥氣的，妳怎麼沒打算試試看？」她這句話不知是調侃還是挖苦。

「我很清楚妳想說什麼，而我不想回答。」我邁步就要離開。

「不是吧，我爲了妳特地安插座位，剛才還稍微幫了妳，妳就這樣走了？」張茗音擋住我的去路。

「我道過謝了。」我們站在包廂門口，這個地方並不顯眼，加上餐廳裡人聲鼎沸，所以沒有多少人注意到我們。

張茗音輕皺眉頭，白皙的手覆到我的手背上，「子青，難道妳還忘不了古牧然？」

我一愣，這個名字對我而言幾乎是禁忌。我立刻抽回手，止不住身子的微微顫抖，但我強裝鎮定，露出自以爲釋懷的笑容。

「那些都是過去的事了。」

很顯然，我的表情無法說服張茗音，她眉頭鎖得更緊，「我和古牧然念同所大學，妳曉得吧？」

「嗯。」

「妳什麼也不打算做？」她又問，「妳明知道如何找到他、如何聯絡他。」

「我要做些什麼？」我用力抽回被她握住的手，「我先走了，今天眞的很謝謝妳。」

「羊子青，妳會後悔的。」張茗音在我身後輕聲說，我充耳不聞，逕自走出了餐廳。

「康榆都走一陣子了，妳怎麼過這麼久才出來？」坐在門口旁等待的姬品珈擔憂地跑到我身邊，「他的臉色很難看，妳拒絕他了嗎？」

「算是。」我咬著下唇，「品珈，謝謝妳等我，但我臨時想起有個地方要去，所以先走了。」

「欸，妳沒事吧？」姬品珈問，「妳的臉色也很難看。」

我伸手摸上臉頰，勉強扯出笑容，「感覺怪怪的而已。我走了。」

說完，我拔腿往電扶梯的方向跑，一路奔往公車站，搭上前往雲朵公園的公車。

時間將近晚上十點，公園裡還有幾個人在慢跑，也有親暱的情侶檔。我走到中央花圃旁的長椅處坐下，握緊右手腕的幸運繩，靜靜望著眼前這熟悉的景色。

我與巫小佟、謝茬恩曾約定過，無論快樂、悲傷、寂寞，我們都可以來這座公園，這裡就是我們的祕密基地。

然而，這個象徵著我們三人友情的地方，卻被我親手摧毀了意義。

我的眼淚不斷滑落，明明去年才從高中畢業，這一切卻好像已經是很久很久以前的事，久到我無力去改變，久到令我們漸行漸遠。

我永遠記得那天，我在新聞裡看見某場車禍的死亡名單，其中有個熟悉的名字。

我以爲是看錯了，古牧然卻痛哭著向我證實了這個消息。

我和謝茬恩立刻去找巫小佟，但她不知去向，連阿希都找不到她。就在我們幾個焦急不已時，謝茬恩看著手中的幸運繩，像是想到了什麼，我也跟著想到了。

那時也差不多是晚上十點，瀕臨崩潰的巫小佟失魂落魄地坐在和我現在相同的位置，而我的腳彷彿原地生了根，完全無法動彈。

謝茬恩毫不猶豫地衝過去，緊緊抱住她，下一秒，巫小佟那肝腸寸斷的哭聲使我永遠無法忘懷。

我自己都不曉得自己是怎麼了，爲什麼走到她面前時，不是跟謝茬恩一樣選擇抱住她，而是問出了那個愚蠢的問題——

「小佟，如果能讓妳再選擇一次，妳還是會喜歡上阿希嗎？」

我並沒有指責巫小佟的意思，人各有命，這不是我們能控制的。

可其實這句話本身就是責備，像是在說：「如果早知道結果會如此，那妳還會這麼做嗎？」

所以一問出口，我便後悔了。

謝荏恩瞪大眼睛看我，對於我的問題感到十分愕然，巫小佟則眼神渙散，好半晌才在我身上聚焦。

「這個問題有意義嗎？不管怎樣，賀存恩都不會回來了。」

我從來不曾這麼想收回自己的話過，更是感到無地自容，我居然對我最要好的朋友造成了二次傷害。

從此，我不再問假設性問題了。

因爲我們不能預料，這樣的提問會不會在無形中傷害了他人。

對某些人來說，無法改變的現實也許太過殘酷，殘酷到連希望不曾發生過都是一種奢望。

第二章

右邊的男生們在聊最近上市的電動遊戲，左邊的女生們在聊雜誌上刊載的最新彩妝，而我兩邊的話題都插不上，覺得無聊至極。

高中剛開學，我就非常「幸運」地得了流感，在家自主隔離了一個多禮拜，等到能夠來上課時，班上同學都已經形成一個個小團體，我就這麼落單了。

「這堂課要分組，兩到三人一組，你們分好組別把名單交給我。」美術老師一踏進教室便下達指令。

我不想再次成爲全班唯一剩下的那個，讓老師得特地詢問大家還有哪組缺人，所以我立刻站起來，努力想找到可以加入的組別，然而班上的女生都三人一組分好了，好不容易發現某一組只有兩個人，她們卻在我走過去時，瞥了我一眼，然後迅速在白紙上寫好名字，交到老師那裡。

我沒有那麼不識相，於是只好往後退回自己的位子，繼續當被挑剩的。我的眼前模糊起來，但我用力吸了吸鼻子，不想哭出來。

「還有人沒分到組嗎？」老師問了我最害怕的問題，我顫巍巍地舉手，果不其然，只有我一個人。大家都投來目光，眼神彷彿在說「又是剩下她」。

「依照目前的分組狀況，人數應該會剛好啊……」老師邊說邊看著手中的紙張，一邊對照點名表上的名字，接著恍然大悟，「今天有兩個人請假，是嗎？」

「對，謝荏恩和巫小佟。」班長出聲報告。

「那妳們三個就一組吧。」老師乾脆地決定。

這樣會不會給她們添麻煩？我記得那兩個女生，一個模樣清秀，一個頭髮是漂亮的栗色，她們總是一起行動。

我忽然加入，她們會不會不高興？

要是她們得知同組的人多了一個我，會不會擺臉色給我看？

唉，感覺我的高一生活將會淒慘無比。

我不禁在內心慎重發誓，高二分班時，開學當天我無論如何都不會缺席。

謝荏恩和巫小佟好像先後得了流感，接連幾天都沒有來上學，於是我這陣子始終過得提心吊膽，擔心她們回來以後，發現我是組員之一會感到不滿。

大概是過於擔憂，我的身體狀況也不太好，便趁著體育課坐在操場旁休息。操場與籃球場上約莫有三個班級的學生，都正在上體育課，大家玩在一塊。

「是賀存恩耶！」幾個別班的女孩竊竊私語，那興奮的神情感染了其他人，很快，更多女生圍過來聚成一團，欣賞在球場上奔馳的男生們。

我不知道賀存恩是誰，但一看就立刻明白了，因爲有個男生特別出色耀眼。賀存恩連進了好幾顆球，每當他得分，四周的女孩便會發出讚歎或驚呼，不過比起賀存恩引人注目的表現，更令我在意的，是另一個膚色相對其他男生來說略顯白皙的男生。他看起來像個文弱書生，但在球場上穿梭的俐落程度並不比賀存恩差。

好幾次他搶到球後，便迅速傳給賀存恩，他們彷彿擁有心電感應的雙胞胎，合作拿下了不少分數。

「古牧然和賀存恩配合得眞好！」一個女生激動地說。

我再次看了下兩人，他們正爲了贏得這場比賽而開心地彼此擊掌。

我單手托腮，羨慕著他們能有一起打球的夥伴、羨慕著她們能有一起發花痴的好友，而不是像我這樣，想和別人打成一片，卻又不夠勇敢。

✦

「爲什麼我打你的手機，會是女人接的電話？」

「怎麼可能，妳打錯了吧？」

「我打錯？這種藉口你也說得出來？難道我電話簿裡輸入的號碼錯了二十年嗎？」

一打開家門便聽見爸媽正在爭執，從年幼時的懼怕到如今的淡然，我走過滿地都是碎玻璃的客廳，從茶几上拿起杯子倒了水，慢條斯理地喝完後，瞥了眼吵得不可開交的他們。

「既然在一起這麼痛苦，離婚啊。」像是局外人般，我冷冷地說。

他們並沒有將我的話聽進去，就和這十五年以來一樣，他們從沒聽進去我說的任何話。

進入房間，我打開收音機並戴上耳機，阻隔外界的聲音，沉浸在廣播電臺主持人的優美聲線中。

「人生中總是會有許多煩惱，而每個人在每個階段的煩惱也許都不同，有些事對十六歲的青少年來說，可能非常困擾，但對二十六歲的成年人來講，卻只不過是雞毛蒜皮。」男主持人說。

「是啊，我十五歲的時候，總是覺得自己手毛太長，爲了不被班上同學看見，我連夏天都穿長袖，好幾次差點在朝會上暈倒。」女主持人哈哈一笑。

「這也太誇張了吧，我看妳現在倒是敢穿無袖的衣服了，至於手毛……是比一般人長了點，可是妳不說的話，根本沒人會注意。」

「沒錯，旁人完全不在意，我自己卻在意得要命，想想實在挺蠢的。不過也很青澀可愛不是嗎？畢竟對當年的我而言，這就是天底下最值得煩惱的事情！」女主持人語調誇張。

「好，那麼今天的call in主題就這麼決定了，大家來和我們聊聊正在煩惱的事吧，並且下一位打電話進來的人，可以分析一下上一位聽眾的煩惱，說說那是否眞的是如此值得煩惱的事。」男主持人隨性地定下call in主題。

我的煩惱十分明確，就是人際關係，但不需要別人跟我說，我都明白這種煩惱很無聊，所以我並沒有call in的打算。

「感覺挺有趣的，可如果對當事者而言，那眞的是相當令人煩惱的問題，下一位聽眾卻認爲無聊或沒意義，那不是挺傷人的嗎？」

「只要是你煩惱的事，那就很重要，只是我們也該聽聽別人的意見對吧？放輕鬆，我們來接第一通電話嘍。」男主持人躍躍欲試，「你好，請問幾歲，住哪裡？有什麼煩惱呢？」

「怎麼好像進聊天室聊天的開場白啊！」女主持人大笑，「哈嘍，下午好。」

「你們好，我是臺北的……清湖。」柔和悅耳的男聲從耳機裡傳來，這瞬間，我竟起了一點點雞皮疙瘩。

「哇，你的聲音很好聽呢！」女主持人的想法和我相同，「清湖，是清澈湖水的清湖嗎？」

「是的，我想分享我的煩惱。」清湖咳了一聲，似乎刻意壓低了嗓音。

我又隱約聽到爸媽爭吵的聲音，於是將音量調大，然而怎樣都蓋不過去。

「清湖，你那邊有人在吵架嗎？」男主持人不確定地問，我頓時一愣，摘下一邊的耳機。

爸媽的確還在外面吵沒錯，可是耳機裡面也有一對男女在爭執。

「對，我父母在吵架，眞是有夠煩的。」清湖笑了笑，聽起來像是苦笑。

「清湖，你幾歲呀？念高中還是大學？」

「今年要升大一。」清湖那邊的吵架聲都快蓋過他的話了。

「你父母還好嗎？吵得這麼凶，發生了什麼事？」男主持人關心地問。

「我媽有外遇，好幾年了。」

雖然無法看見男女主持人的表情，但透過片刻的靜默便能得知，清湖的話令他們有些尷尬。

「那你的煩惱是如何讓爸媽和好，或是如何讓媽媽離開外遇對象嗎？」女主持人說得遲疑。

「不。」清湖的回答簡短而堅定，「我煩惱的是，該怎麼讓他們兩個離婚。」

我再次怔住，腦袋嗡嗡作響，接著想也沒想地拿起手機，撥了電臺的call in專線。

我的心臟劇烈跳動，這個聲音好聽的男生，和我有著同樣的煩惱。

「離婚啊……通常孩子會希望父母離婚嗎？」男主持人似乎在認眞思考。

「老實說，如果雙方相處不和睦的話，我認爲分開也是一個好選擇。」女主持人回答。

「但一般來說都是勸和不勸離，況且在完整的家庭中成長，對孩子不是比較好嗎？」

「哈！」清湖嗤笑，「我是當事人，我最清楚怎樣對我最好。我希望他們快點離婚，別再折磨彼此，也別再折磨我。你們有什麼辦法能讓他們離婚嗎？」

「這……」兩位主持人又陷入尷尬。

「我明白，這是公開場合，你們不能給我任何意見，太危險了。」清湖深吸一口氣，「我的生日願望，就是希望我的父母能夠離婚。」

說完，清湖掛斷電話，不知道是他自己掛斷的，抑或是電臺方掛斷的。

「沒想到第一通電話便如此戲劇性……」男主持人乾笑。

「這主題意外地沉重啊，那下一通……還要接嗎？」

「接！都接！哈囉你好，請問幾歲，住哪呢？」

同一時間，我的手機那頭響起同樣的問句。

「是我嗎？」

「對，就是妳！有什麼煩惱呢？」男主持人的聲音從左耳的耳機傳來，也從貼在右耳的手機傳來，宛如立體音效。

「我、我十六歲，臺北的小羊。」

「小羊呀，妳是煩惱人際關係，還是煩惱和男朋友有關的事呢？」女主持人的語調軟甜，像是在哄小孩。

「不……我想回答剛才清湖的問題。」我的話讓他們又安靜了，「我也希望我爸媽能離婚。」

「這……哎呀，看來今天的call in我們hold不住呀。」男主持人無奈地說。

「既然都這樣了，我們就認眞面對吧，誰叫你要定這個主題？以爲聽眾的煩惱都會很稀鬆平常嗎？」女主持人調侃，「那小羊，妳爲什麼會這麼希望呢？」

「清湖家是媽媽外遇，我家是爸爸外遇，他們都以爲了孩子爲由，所以繼續在一起，互相折磨。我眞心希望他們可以離婚，更甚至早在十年前就該離婚，這樣我說不定能比較快樂。」

我深吸一口氣，「他們其實只是不敢離婚，卻把孩子當成藉口，好像這樣就能以愛爲名，彰顯自己的偉大，然而那些痛苦全都加諸在我們身上。如果小孩是他們不離婚的唯一理由，那讓小孩再也無法成爲理由，不就行了嗎？」

「小羊，這番話聽起來不太妙喔，妳不會是在想什麼奇怪的事吧？」男主持人的語氣變得嚴肅。

「我沒有要自殺啦。」我不禁失笑，「我的意思是，也許我們可以去買兩張離婚協議書，模仿爸媽的字跡分別填上資料，再分別交給他們兩人。等他們簽完後，我們就在他們面前撕毀，要求他們自己面對面簽下協議。這樣一來，我們的父母就會誤以爲是對方要孩子轉交離婚協議書，而既然我們願意照做，就代表孩子也希望父母離婚，這打擊應該夠大了吧？」

「哇……這個……」女主持人驚愕得說不出話。

「清湖，我打算這麼做，你也可以這麼做。」我頓了下，「但如果你不敢這麼做，你也快要升大學了，藉此離家未嘗不是個方法。」

我才十六歲，而且就算升上大學，大概也不見得能離家。

最後是怎麼與兩位主持人結束通話的，我已經忘了。一掛斷電話，我馬上拿起外套與錢包，跑出家門，離開前還差點被媽媽朝爸爸丟花瓶砸出的碎片波及。

一路奔至附近的大型書局，我喘著氣找了一會兒便發現目標。可笑的是，原來離婚協議書眞的在書局就買得到，明明如此便利，爲什麼離婚還這麼難？

我深吸一口氣，蹲下身去拿放在貨架最底層的協議書，裡頭一式四份，紙張輕薄無比，兩包的價格甚至不超過一百。

「借過。」一道男聲從旁邊傳來，我嚇了一跳，趕緊讓開，手上的東西卻不小心落到地上，不偏不倚地掉在那人腳邊。

綠色的褲管映入眼簾，我心一跳，是和我念同所高中的人。我下意識抬頭看向對方，祈禱著不要是認識的同學。

清秀白淨的臉龐，略顯凌亂的頭髮與漂亮的眼睛，是古牧然。

瞬間我更是緊張不已，他低頭掃了眼地上的兩包離婚協議書，微微一愣後，撿起來交給我。

「謝謝。」我接過來，連忙起身去櫃檯結帳。

雖然是同年級，但古牧然並不認識我，被他撞見應該沒關係。

我這樣安慰自己，在拿著離婚協議書走出書局時，還是忍不住回頭望了望剛才與古牧然相遇的那條走道，不過他已經不在那裡。

我花了幾天模仿父母的筆跡，而在我決定回家後就要正式填寫離婚協議書的那天，謝茬恩和巫小佟來上課了。

此刻，她們正在向其他人打聽，她們沒來學校的這幾天是否有什麼新鮮事。

「有個很帥的男生叫賀存恩。」一個女生說。

「喔喔，我聽過。」謝茬恩笑嘻嘻的。

「誰啊？我是想問功課方面的事。」巫小佟對此顯然沒興趣。

「啊，美術老師有要大家分組。」那女生又說，坐在座位上的我握緊拳頭。

「居然在我們請假的時候分組，所以我和小佟剛好一組嗎？」謝茬恩問。

「我也不確定，大概吧。」那女生聳肩。

不，還有我，我也和妳們同一組！

這是個好時機，我應該站起來跟她們說。

可是我的掌心裡全是汗水，指尖泛白，身體也顫抖著，怎樣都沒辦法起身告訴她們。

「不對，除了妳們兩個，還要加上羊子青。」忽然，美術小老師發話了，我感受到她們的視線投了過來。

「羊……」巫小佟正要喊我的名字，上課鐘聲便響起，打斷了我們接觸的機會。

我噓了一口氣，不知是慶幸還是惋惜。一堂課下來，我不停地在空白的紙張上，模仿爸媽的字跡分別寫著姓名、地址、身分證字號等資料。

「羊子青！」放學後，我來到校門口前準備過馬路，卻被謝荏恩和巫小佟叫住。

「啊……」我低下頭，不曉得該說些什麼。

「妳開學的第一個禮拜都請假對吧？」巫小佟說，「我記得是因爲流感，我們兩個也中鏢了，有夠痛苦的。」

「是呀，連感冒都一起，我們是連體嬰嗎？」謝荏恩無奈地接口。

「啊，那妳們好多了嗎？」我這句話根本是廢話，如果沒好，怎麼會來上學？

「好多了，放心。」

我們三個一同過了馬路，接著她們在雙岔路口準備右轉，而我要前往在左邊那條路的公車站。

「等等，我們想去吃蛋糕，妳要不要一起去？」巫小佟的邀請讓我受寵若驚。

「這樣好嗎？」

「有什麼不好？我們是同一組的耶。對了，美術老師有說爲什麼要分組嗎？」謝荏恩過來勾住我的肩膀。

我臉上的笑意克制不住地越擴越大，也幾乎要阻擋不住脫口而出的感謝。我猶豫了這麼久，都無法坦白自己是她們的組員這種小事，遲遲踏不出交友的那一步，她們兩個卻如此輕易就越過那道牆。

開學將近一個多月，我總算第一次和同班同學在放學後去別的地方遛達。

她們帶著我來到一間名爲「塔塔」的蛋糕店，裡頭絕大多數都是身穿大文高中制服的學生。她們很快找到位子入座，駕輕就熟地選了下午茶套餐組合，我趕緊選擇一樣的套餐，卻在巧克力蛋糕與藍莓蛋糕之間猶豫不決。

「不然我改點巧克力，妳點藍莓，我們交換吃吧。」巫小伶提議，將點菜單上的草莓蛋糕這一項劃掉。

「沒關係，妳吃妳想吃的就好！」

「沒差沒差，我什麼都吃。」

雖然擔心我是不是給她添麻煩了，但巫小伶的笑容沒有一絲勉強。

蛋糕送上後不久，我們注意到周遭變得有些吵鬧，謝荏恩東張西望了下，指向門口邊的座位，「那兩個男的啦，八成是因爲他們。」

「話說回來，美術老師會分組，是要我們做什麼樣的作業？」巫小佟毫不在乎那兩個男生是誰，逕自切下半塊巧克力蛋糕放到空盤上，推至我面前。

「老師還沒有說呢。」我也分了半塊藍莓蛋糕給她，不忘道謝，而後朝門口邊望去。

又是賀存恩和古牧然，他們不管在哪似乎都能引起騷動。見到古牧然，我就想起那天書局裡的短暫相遇，不過我想他不會記得。

「那兩個人是誰？妳們知道嗎？」謝荏恩問，巫小佟聳聳肩。

「賀存恩和古牧然。」我輕聲說。

「妳怎麼會知道？原來就是他們，也太帥了吧！」謝荏恩的雙眼彷彿冒出了愛心。

「還好吧……」我瞄了瞄古牧然，他正和賀存恩聊得開心。收回視線，我吃起蛋糕，接著摀住嘴，瞪大眼睛看巫小佟。

「超好吃對不對？」巫小佟得意地問。

「太好吃了！」我用力點頭。

過了一會兒，謝荏恩大概看膩了他們，也將注意力轉回自己的蛋糕上，我們便開始聊起彼此的事。

她們兩個一前一後得了流感，因此不約而同想起班上有個叫羊子青的女生，在剛開學時也得了流感，笑著說我們是流感三姊妹。

「我們還分到了同一組，不覺得是命運的安排嗎？」謝荏恩雙眼發亮。

「可是因爲流感結緣，感覺很不浪漫。」巫小佟聳肩，雖然對於這樣的巧合，她好像也挺開心的。

當我們享用完蛋糕要離開時，經過了古牧然他們那桌，古牧然似乎瞥了我一眼，但我是用眼角餘光覷見，並不確定自己有沒有弄錯。

回家後，剛才快樂的心情彷彿都是假的，瞬間煙消雲散。

屋內一片漆黑，只有媽媽隱隱啜泣的聲音，地板上全是碎裂的碗盤，以及被撕毀的照片。若不是每一次都會摔破東西，我還眞不曉得我們家碗盤這麼多，畢竟從來不曾開伙。

我沒有看坐在客廳地上的媽媽，而是直接上樓，拿出藏在抽屜深處的離婚協議書。

握緊手中的黑筆，我深深吸氣再吐氣，如此反覆幾次後，在姓名處寫上爸爸的名字，以及其他基本資料，然後取出前幾日就預先偷拿的印章，沾了印泥蓋章。

接著，我模仿媽媽的字跡，在另一份離婚協議書上塡入她的名字和資料，蓋上印章，再把兩人的印章分別放回原本收納的地方。

我拿著仿照爸爸筆跡填寫的離婚協議書，走回客廳，媽媽依舊坐在那哭泣。

這麼痛苦，爲什麼不想辦法解脫？爲什麼不讓我也解脫？

「媽媽，爸爸前幾天給了我這個。」我將手中的文件交給她，「拜託妳，簽了吧。」

我的語調平淡，毫無起伏，卻帶點懇求。

對於父母的婚姻，我並沒有站在誰那邊，只是這個當下，媽媽想必會認爲我和爸爸是同一陣線的，我明白自己的行爲深深傷害了她。

但同樣的事情，我也會對爸爸做一次。

看，我對你們是公平的。

你們對我又公平嗎？

✦

爸媽簽字的那天，是期中考的最後一天。

謝茬恩和巫小佟從我前些日子無意間的話語中，得知了我父母即將離婚的消息，於是在期中考結束的那個午後，她們帶我來到雲朵公園，這是我第一次來這座公園。

「這個，是我和謝茬恩一起做的。」巫小佟從書包裡拿出三條幸運繩，是以紅、藍、橘、紫四種顏色的絲線編織而成。

「這……」我看著三條一模一樣的幸運繩，任由她們將繩子繫到我的右手腕上。

「這是我們友情的象徵，無論未來我們去了哪裡，或者發生什麼爭執，只要幸運繩還在我們的手上，我們的友情就還在。」巫小佟邊說邊幫我拉緊繩子。

「嗯，不管遇到什麼事，我們都會在。」謝茬恩跟著說。

巫小佟伸出她的右手，示意我和謝茬恩為她繫上幸運繩，然後我和巫小佟再為謝茬恩繫上。

凝視著我們三人右手腕上的幸運繩，我的雙眼頓時蒙上一層霧氣，見狀，她們趕緊抱住我。

她們大概以爲我是在爲父母的離異傷心，可不是這樣的。我是因爲她們爲我做了這件事而感動。

那個時候，我在心裡發誓，未來無論發生任何狀況，我永遠都會以她們爲優先。無論她們犯了什麼錯，我也永遠都會站在她們那邊。

但是，我永遠不會告訴她們，我的父母之所以離婚，是被我推了一把。

因爲她們多半會批判我，畢竟不是當事人的話，想必難以理解我爲什麼這麼做。

我想起清湖，他有聽到我當時的提議嗎？他的情況又如何呢？

結婚，也許需要花上幾十萬元盛大地籌備。

而離婚，不過需要一張百元鈔票。

以及輕輕的一推。

第三章

「我回來了。」

從雲朵公園回家大約要花二十分鐘，我沒想到客廳的燈還亮著，陣陣香味傳來。方才沉浸在高中時的回憶裡，我一時有些恍惚，過了會兒才回過神。

「妳在吃泡麵？」

媽媽已經換上睡衣，她一邊收看韓劇，一邊吃著大碗的牛肉泡麵。

「要吃嗎？我有買妳的份喔。」她指向後方的餐桌。

「不了，我好飽。」我一屁股坐到沙發上，眼睛雖然看著電視，心思卻不在上頭。

「禮拜天妳有空嗎？」媽媽喝了一大口湯。

「嗯，要做什麼？」

「沒做什麼，介紹個人給妳認識。」

我瞥了眼正在喝泡麵湯的媽媽，開玩笑地說：「不會是男朋友吧？」

「對。」她竟正面回答。

我挪到她旁邊，媽媽將泡麵吃完，擦了擦嘴，轉過頭凝視我，「我們打算更認眞地思考彼此的未來，所以我想介紹他給妳認識。」

頓時，我的內心百感交集。

我曾經見過媽媽十幾年來以淚洗面、疲憊不堪的樣子，可對於讓她和爸爸落入我的布局而離婚，我始終有些愧疚。

不過離婚後，我看著她從頹廢到逐漸振作，久違的笑容終於在她的臉上再次綻放，最後，我連她哭泣的模樣都忘記了。

如今，她又找到了願意共度一生的人，對此，我無疑是最開心的。

「當然好。」我露出微笑，克制想流淚與擁抱她的衝動。

如果可以，我眞想爲十六歲的自己喝采。這也是這麼多年以後，我再度想起清湖這個與我相似的陌生人。

不知道他當年是否做了和我一樣的決定？而現在，他是否也會想爲當年的自己喝采呢？

✦

「這一次聯誼，我找了間黑啤酒很有名的餐廳，每個人至少要帶五百元喔！」王亦嫻將週六的聯誼資訊告訴大家。

「我超級期待的，王亦嫻審核過絕對有品質保證。」姬品珈對我擠眉弄眼。

「這麼說來，妳之前那個日文系的對象呢？」

「那個只出去一次就想吻我，有夠噁心，我已經把他封鎖刪除了。」姬品珈吐吐舌頭。

「在更之前那個大傳系的呢？」

「他講話超無聊，老是在賣弄學識，但根本虛有其表。」姬品珈聳肩。

「再更早之前華大的那個男生呢？」

「喔，太矮了。」姬品珈裝可愛。

「妳的要求很高耶！」

「我這個樣子……」她抬手比了比自己全身上下，「眼光高一點很正常吧？」

「也是，我只是好奇妳會喜歡上怎樣的人。」我不得不贊同，畢竟以姬品珈的外型，進演藝圈都沒問題。

忽然，姬品珈望向我後方，表情有點怪異，接著靠近我壓低聲音：「欸，那天妳是怎麼拒絕康榆的？」

「其實他沒眞的告白，不過我跟他說了，我們最多就是朋友。」我不懂她幹麼講得這麼小聲，想轉頭瞧瞧她在看什麼，但她卻抓住我的手，緊盯著我，微微搖頭。

「怎麼了？」我停下動作，想起恐怖片的場景，「難道康榆在我後面？」

「沒在後面，可是也不遠，而且他一直盯著妳的背影，應該有一段時間了。」姬品珈輕聲說。

「他眞奇怪。」我並不怕他，所以直接轉過頭，果然對上了康榆的目光。

他先是微怔，隨即抬手向我打招呼，臉上浮現和往常無異的笑容。

我沒回應，轉回頭面對姬品珈，「看來我應該暫時不理他，等他對我的感覺淡了以後再說。」

「他還在看妳耶。」姬品珈勾起我的手，「我們離開教室吧，他讓我亂不舒服的。」

於是我被姬品珈半拉半推著，一起移動到校內的便利商店外頭，她一面喝著飲料，一面搓著自己的手臂。

「康榆讓我起雞皮疙瘩了，妳看。」她指指白皙皮膚上的小疙瘩，「總覺得他怪怪的，我去問一下好了。」

「問誰？康榆嗎？不用吧，過一陣子就沒事了。」我聳聳肩。

「不是，我突然想到，那天我在餐廳門口等妳時，蕭大方離開前跟我說了詭異的話，我當時沒往心裡去，但這幾天越想越不對。」她皺緊眉毛，不自覺地咬吸管。

「他說了什麼？」我的內心升起一股不安。

「他說你們都已經那樣了，爲什麼妳還不肯接受康榆。當下我以爲他是說你們曖昧那麼久了，爲什麼不在一起。」

「我並沒有跟康榆曖昧，我能把訊息都給你們看。」我很無奈。

「我知道，可我們不清楚康榆是怎麼跟男生們說的啊！」姬品珈咬著下唇，「妳不覺得『都已經那樣了』這句話，充滿遐想空間嗎？」

「能有什麼遐想？」

「搞不好康榆說的，比我們以爲的還要誇張。」姬品珈把喝完的飲料鋁箔包扔進旁邊的回收桶，「我去問問。」

「等一下，品珈！」我還來不及阻止，姬品珈已經急匆匆跑開。

下一堂我沒課，雖然認爲康榆的事沒那麼嚴重，但待在學校確實不是很自在，所以我決定去校外的咖啡廳吃點東西，下午再回來上課。

我戴著耳機聽音樂，選了條人比較少、能最快通往校門口的捷徑。

就在播放下一首歌曲前的短暫空檔，我似乎聽見有另一個腳步聲跟在後面，於是下意識回頭，卻驚見有個人幾乎貼在我的背後，距離近到讓我根本看不清他的長相。

我嚇了一大跳，連忙往後彈開，康榆的臉映入眼簾，帶著淺淺的微笑。

渾身顫抖不已，我完全說不出話。

「嚇到妳啦？抱歉，我有叫妳，可是妳好像都沒聽到。」康榆誠懇地說，緩緩走過來。

「你、你什麼時候……開始跟在我後面的？」我的聲音在發抖。

「我才剛從那邊走出來。」他指了一旁草叢後的小路，「就看到妳啦！」說完，他對著我笑。

他兩手空空，但我依稀記得他下一堂有課，爲什麼他會在這個地方？

「我……我先走了。」氣氛太過怪異，我不想久留。

「妳要去哪裡？」他的笑容僵在嘴邊。

「我……」

一群男女的嘻笑聲突然從後方傳來，康榆抬眼望去，而我簡直像遇到救星似的，拔腿就逃。

對，我是用逃的離開。

我邊奔往咖啡廳，邊回頭確認，幸好康榆並未跟上來。好不容易抵達咖啡廳，眾多客人讓我終於稍稍安心，我挑了遠離窗戶的座位，仍有些驚魂未定。

我拿出手機，傳訊把剛才發生的事告訴姬品珈，她暫時沒有讀取，而我花了一點時間才平復內心的驚恐。

雖然我不斷告訴自己，是我想太多了，康榆沒有別的意思，卻怎麼樣都無法說服自己。

我不相信康榆眞的是剛從草叢後的小路出來，也不相信他有喊我。就算眞的是那樣好了，緊貼在我背後這種舉動，無論如何都說不過去吧！

我再次開啟手機畫面，仔細查看自己過去和康榆的對話。我發誓，我絕對沒給過他任何暗示，也毫無曖昧的意圖，究竟是哪裡使他產生了誤會，我實在不明白。

就在這時候，手機響起，嚇了我一跳，原來是姬品珈直接打了電話過來。

「情況比我想像的還糟糕啊！」姬品珈在電話那頭擔憂地說，「妳在哪邊？我去找妳。」

「怎麼了？是什麼情況？」被她這麼一說，我更加緊張了。

「康榆告訴蕭大方他們，你們什麼都做過了。」

我瞪大眼睛，「什麼都……這是什麼意思？」

「就是你們連接吻、上床都做了，所以蕭大方他們才不明白妳為何還不和康榆交往。天啊，子青，康榆太可怕了，我現在馬上……」

我的心思已經不在這通電話上了，因為眼前，康榆正面帶微笑，直直朝我走來。

「喂喂？子青！妳在哪……」

他伸手拿過我的手機，切斷姬品珈打來的電話，在我對面的位子坐下。

「子青。」康榆輕柔地開口，語氣帶著一絲困惑及不解，「我不會生氣，也不會誤會妳。」

「你在說什麼？」我嚇得想離開，可是手機還在他的手上，「你怎麼曉得我在這裡？」

他仍然笑著，那雙好看的眼睛裡卻沒有笑意。身處熱鬧的咖啡廳，我竟覺得無助至極。

「我也不會禁止妳去聯誼，只是希望妳能先問過我的意見。」他右手握緊我的手機，左手從口袋裡拿出他自己的手機。

「康榆……你在說……」

康榆用拇指在他自己的手機螢幕上一滑，點開某個應用程式，我一看便愣住了，那是定位程式。

「你定位我？」我不敢置信地喊，「但……怎麼可能，你怎麼有辦法定位我？」

我的喊聲讓咖啡廳裡的幾個客人投來目光，康榆無辜地皺眉，「子青，妳怎麼了？」

「你、你到底怎麼回事？」這下子，我真的感到害怕了。

康榆是打從心裡不明白我為何如此激動，然而他對我做的事太可怕了，即便是對家人這麼做都嫌過分，更別說我們只是朋友。

「妳明明喜歡我的，不是嗎？」

「你瘋啦？我哪有！我哪裡讓你誤會了？」我握緊雙拳，其他人雖然意識到氣氛不太對，但他們好像以為我們只是情侶吵架。

「我們每天見面、每天用LINE聊天，還單獨看過電影和吃飯，也有共同話題，之前去唱歌的時候，妳甚至跟我分享妳的高中生活。妳看，我們現在不也坐在咖啡廳聊天嗎？妳其實喜歡我的，為什麼那天要拒絕？」

聽他這麼說，我簡直要暈倒了，立刻反駁：「每天見面？那是因為我們是同班同學，週末並沒有見面啊！和你用LINE聊天，我並不是隨時都迅速回應，而是有時間才會回覆，況且這是一種禮貌的表現不是嗎？唱歌是系上舉辦的活動，那天的主題不就是分享高中生活？所以我才會和坐在旁邊的你說！」

「妳為什麼這麼害羞？」康榆的眉頭擰得死緊，依舊堅持，「妳明明喜歡我。」

「我一點也不喜歡你！你為什麼要向其他人造謠，說我們做過那些根本沒做過的事情？」我伸手想搶回手機，他卻將手往後一縮。

「因為我知道妳不好意思，妳在乎大家的眼光，才會遲遲不和我在一起。如果大家都以為我們做過了，在一起也是理所當然，那妳就不需要害羞了。」他的語氣認真得令我感到噁心，以及恐懼，「妳是喜歡我的。」

我幾乎要尖叫出聲，此時有個人忽然抽走康榆手裡的手機，我和康榆都愣了下。

「久等了。」那個我不認識，也從沒見過的男人說，他的年齡應該和我們差不多，穿著深藍色上衣以及休閒長褲，瀏海偏短，突顯出他漂亮的前額。

「他是誰？」康榆不悅地起身，他的身高比對方矮了些，而他問這句話時，目光盯著我。

「我是誰不關你的事，重點是你造成子青的困擾了。」男人微笑，模樣十分好看。若是見過他，我不太可能不記得，可是他卻曉得我的名字。是因為剛才聽到康榆喊我嗎？

「子青？」康榆眼神陰沉，一副遭受背叛的樣子。

「康榆，你瘋了，我對你的感覺沒有半點愛情的成分，這下子我們連朋友都當不成！」我連忙站起來，走到那個男人身邊，「你不要逼我報警。」

康榆雙眼上吊，怨恨不已地來回打量我和男人。

「羊子青，妳會後悔這樣玩弄我。」他怒氣沖沖離開，不忘用力撞我一下，我整個人踉蹌著往後倒，撞到了那個陌生男人，對方伸手扶住我。

整個咖啡廳的人都好奇地看著我們，有幾個人甚至在偷笑，多半以爲我是一個水性楊花的女人。

「那個……謝謝你。」我向出手相救的男人道謝，聲音控制不住地發抖。

「他看起來挺可怕的，需要我陪妳去報警嗎？」男人環顧咖啡廳，指指上方的監視器，「必要的話，可以請店家調出監視畫面。」

「這……我拒絕得夠明確了，他應該不會再亂來了……」我深吸口氣，「眞的很謝謝你，那個，我的手機……」

男人把手機還給我，「我想妳還是多注意點比較好，剛剛那狀況妳也意識到了吧，即便是在公眾場合，但所有人都認爲你們是情侶吵架，根本不會有人干涉，而且那個男生可能不會善罷干休。」

「這……」

「子青！妳還好嗎？」花容失色的姬品珈推開玻璃門，還沒跑到我這就先大喊了我的名字。

「是妳朋友吧？那我先走了。」男人轉身拿起他放在斜對面座位上的灰色背包，在與姬品珈擦身而過時，禮貌地對她微笑。

「我剛剛看見康榆了，他的表情超可怕，害我反射性躲起來了！」姬品珈抓住我的肩膀，而我目送著男人離去，直到看不見他的背影爲止。

我將方才發生的事一五一十告訴姬品珈，她越聽臉色越白，最後倒抽一口氣，站起來對全咖啡廳的人喊：「你們這些人！多多注意周遭需要幫助的人好嗎？不要只顧看手機、看熱鬧！我朋友剛才差點就被一個恐怖的男人做出什麼事，你們卻沒人願意幫忙！」

「姬品珈！」我拉住她，「妳不要這樣啦。」

「什麼啊，誰知道他們是怎麼回事啊！」某一桌的年輕男生不滿地反駁。

「說不定是那個女生自己偷吃被抓包，還要人家救喔。」

「而且那男的根本沒幹什麼好嗎？」

包括女孩子在內，其他人此起彼落地附和。

「好了啦，品珈。」我抓著她離開咖啡廳。

「我是在幫妳說話。」仔細一瞧，我才發現姬品珈眼眶泛淚，「假如沒有那個好心男生幫忙，誰知道康榆會做些什麼？如果妳被他怎麼了……沒看到桌上就放著刀叉嗎？想傷害妳只需要一瞬間耶！」

我忍不住也一陣鼻酸，原以爲能認識巫小佟和謝荏恩這兩位朋友，已經是我人生中最幸運的事，沒想到，如今我又遇到一個會因爲擔心我的安危而哭泣的摯友。

「謝謝妳，品珈。」我握著她的手，語氣誠摯，「眞的很謝謝妳。」

聞言，她不好意思起來，吸吸鼻子後笑了兩聲，「妳還沒吃飯對吧？我們去吃點東西，我慢慢跟妳說打聽到了什麼。」

「妳這堂不是有課？」

「要是康榆又回來了，那該怎麼辦？」姬品珈蹙起眉，「他這種行爲……實在很像恐怖情人。」

「但我和他並沒有交往。」

「就是這樣才更可怕，他是眞心認定自己和妳兩情相悅。」

根據姬品珈從蕭大方那邊得到的消息，班上所有男生，不，應該說所有康榆認識的人，幾乎都以爲我和康榆上過床，所以他們才會三不五時調侃，以爲我們只差正式對外宣布交往，其實早就是男女朋友的關係了。

更別說，在某些人口中，我成了一個放蕩的女人。

姬品珈去找蕭大方時，他正在和班上的兩個男生聊天。聽到姬品珈否認我和康榆的關係，他們本來不相信，直到姬品珈露出凝重又慌張的神情，他們才半信半疑地說出康榆提過的那些事。

「他很認眞，我看不出他是在撒謊。」

我們和蕭大方約在學校附近的一家麵攤，見到臉色發白並渾身顫抖的我之後，他終於開始懷疑康榆了。

「也太變態了吧，他怎麼會那樣認為？」姬品珈氣得牙癢癢的，「難道你們從來沒質疑過他的說法？」

「應該說，是不是眞的，我們都不太在乎，當然也不會去思考他說的是否有問題……雖然我的確想過，羊子青不像那樣的女生……可畢竟知人知面不知心啊。」

「知人知面不知心的是康榆！」姬品珈嘖了聲，「還有，他擅自在子青的手機下載定位程式，透過他自己的手機監控，這太可怕了，根本可以報警了！」

「眞的假的？」蕭大方瞪大眼睛，我開啟手機讓他看，他的眼神頓時黯淡下來，又說了一次，「康榆很認眞……」

「誰管他認不認眞，他這樣已經嚇到子……」

「不，我的意思是，他在說那些子烏虛有的事情時，非常非常認眞，就好像全都是事實一樣，這不太妙吧。」蕭大方的臉上流露出一絲驚恐。

「子青會不會有危險？」姬品珈握緊我的手，擔憂地問他。

「這我不知道……應該不至於吧……可是……」蕭大方不敢肯定，「總之，羊子青妳暫時不要落單，這段時間我會盡量跟在康榆身邊，不讓他有機會對妳不利。」

「這樣有用嗎？不需要報告老師或是報警？」姬品珈依舊無法安心。

「不必鬧得這麼大吧，也許康榆只是一時無法接受被拒絕……」蕭大方想爲自己的好友辯解，姬品珈卻不認同，她認爲等出事就來不及了。

「等一下，品珈。」

我喊了句，一邊刪除定位程式。康榆到底是趁什麼時候拿走我的手機，還偷偷下載了程式？

而且甚至刻意藏在我平時不會打開的資料夾裡。

康榆並不無辜，他很清楚自己的行爲將導致什麼結果，他就是想掌握我的行蹤。

但是……畢竟我們是同學。

雖說我們都滿十八歲了，也還不到二十歲，勉強算是會因爲一時衝動而做錯事的年紀。

也許從我的角度來看，我並未釋放任何曖昧的暗示給康榆，然而我也並未避免回應康榆。每個人對曖昧的定義不同，說不定就是因爲這樣，康榆才會覺得我們是兩情相悅。

他的確做得太過分了，不過，或許我該再給他一次機會。況且鬧得人盡皆知的話，那些聽過康榆述說我和他的「情史」的人，又會怎麼想？

把我看成一個勾引人後又裝清純的放蕩女嗎？

「我想，就暫時先這樣吧。」

「羊子青！」姬品珈不能苟同。

「沒關係的，妳放心，我和我媽住在一起，最近出入也會注意，還會隨身攜帶防狼噴霧的。」

「我眞的……眞的很難放心。」

「有事情隨時打給我吧，或是有什麼疑問都可以找我，反正一段時間後，康榆大概就會自己想開了。」蕭大方稀里呼嚕地吃完了他的麵，「那我先回去上課了，保持聯絡。」

「等等，蕭大方。」我喊住他，「謝謝你。」

「不會，舉手之勞。」他擺擺手，瀟灑地離開了麵攤。

「蕭大方還眞是不愧對於他的名字。」姬品珈給了個怪異的讚美，「對了，妳是不是該好好謝謝那個幫妳的男生？」

「我有向他道謝了。」

「那怎麼夠啊，這麼機伶的男生，應該要拉攏過來當朋友。」姬品珈彈指，「是我們學校的嗎？」

「我不知道，不過應該也是大學生沒錯。」我聳聳肩。學校裡有幾百個學生，就算眞的同校，也很難找到人。

「好吧，祝福他好人有好報，他喜歡的人也喜歡他。」姬品珈又沒頭沒腦地說。

之後，我不敢再回學校上下午的課。根據蕭大方傳來的訊息，康榆有回去上課，且表現一切正常，一點也看不出來有什麼問題。

蕭大方說，他試探性地問了康榆關於我的事，而康榆說我們吵架了，但很快就會沒事。

「我眞的起了雞皮疙瘩。」

蕭大方的訊息裡寫著。

他沒把康榆的異常告訴其他人，理由是不想刺激到康榆，使他做出更不理智的行爲。姬品珈卻認爲必須告訴大家，讓多一點人幫忙留意康榆的動向，才能多一點保障。

兩人持相反意見，在聊天群組裡吵個不停，不過都是因爲關心我，爲此我十分感動。

我習慣性地點開LINE的好友列表，查看古牧然有沒有更換頭像，可依舊是他高中時用的那張。我曾想過，他會不會是將我封鎖了，所以我才看不見他的動態。但我用網路上搜尋到的方法測試過，他並未封鎖我。那麼，也可能是他換了帳號？

這時，我的手機震動起來。

「羊子青，妳猜今天換誰來我打工的地方吃飯了？」我還沒開口，張茗音便興奮地嚷嚷。

聽她的語氣，不用問也知道是誰，我的心頓時一緊。

我不想從別人口中聽見古牧然的名字。

這會讓我覺得，古牧然已經不是我所熟悉的那個人，而是一個陌生人了。

「巫小佟和謝荏恩！」然而張茗音提到的人大大出乎我的意料。我這才發現，原來我也不想從別人口中聽見她們的名字。這只會令我清楚地意識到，我們從三個人變成了我一個人。

雖然，也許從一開始就只有我一個人。

「羊子青，妳還在嗎？」張茗音在電話那頭問。

「嗯。」我費盡千辛萬苦才擠出這個字，「只有她們兩個？」

「不是，她們系上有聚會，她們兩個念那個……」張茗音拖著長音，一時說不出是哪所學校。

「她們唸華大。」我說。

「對，跟妳的大學是姊妹校！」張茗音笑了聲。

我念的是洛大，是當初巫小佟一直想去念的大學，而謝荏恩總說巫小佟去哪她就去哪。因此當我對巫小佟說出那句令我後悔至極的話後，我曾想過，要是能在大學遇到她，那是否可以藉此和好？

我不確定是我的如意算盤被她們識破了，還是她們臨時改變了想法，總之，我和她們沒有上同一所大學。謝荏恩依舊跟著巫小佟，不只讀同一所大學，還選了同一個科系。

我有如站在十字路口的正中央，巫小佟與謝荏恩走在右邊那條路上，古牧然則直直往前。他們頭也不回，毫無眷戀，而我待在原地，連要跟上或是走另外兩條路，都決定不了。

龐大的無助彷彿就要吞噬我，我沒辦法喊住他們，卻又無力邁步。

「怎麼了嗎？」

我忽然感覺難以呼吸，於是來到窗邊，將緊閉的窗戶打開。晚風吹拂，稍稍舒緩了我的不適。

「巫小佟變了很多耶，像個木偶娃娃一樣。畢竟發生過那種事，她也不可能發自內心地笑吧。」張茗音的語氣輕快得令我不舒服，「重點是，當她們離開時，我多看了幾眼，妳知道是誰來接她嗎？」

我沒有回話。

「我挺意外他們還在一起，這實在滿怪的，不過如果他們不在一起，也很怪。總而言之，他們怎麼做都不對啦。」

「張茗音，妳……」

當我受夠了張茗音自以爲是的發言，正準備怒叱時，強烈的閃光大亮，讓我頓時一愣。

我家位在巷內，巷口並未設置測速照相機，然而閃光的來源是樓下，並不是天空有閃電。

腦中浮現一個可能，我想到我家在三樓而已，如果擁有畫素不低的相機，且焦距也足夠，那麼……

一股冷意從腳底竄至頭頂，我的心臟劇烈跳動。底下太黑，我無法看清楚有沒有人，只看見電線杆後方隱約有黑影，又不確定是否錯覺。

雙腳發軟，我跌坐在地，手機也掉到地板上，渾身發抖著想要拉起窗簾。

康榆有辦法爬上三樓嗎？我得鎖門才行。

不，也許只是我自己嚇自己，可是那閃光燈……

媽媽還沒回家，現在只有我一個人，我該怎麼辦？

我掛斷張茗音的電話，打算撥給姬品珈。但她是女生，如果眞有什麼萬一，波及到她怎麼辦？

所以我改變主意，撥了蕭大方的電話，他很快接起，我迅速將目前的狀況告訴他。

「我馬上過去，妳快把窗戶什麼的都鎖好。」他頓了下，「我先打電話給康榆，試探看看他人在哪。」

「你不要一個人過來，要是發生什麼事……」

「我帶我哥和我弟過去，總之妳鎖好門，拿個東西防身。」

結束和蕭大方的通話，我趕緊去廚房拿了菜刀，接著又想到，若康榆真的闖進來，他力氣比我大，萬一搶走我的刀反過來威脅我，那可就慘了。

於是我把刀具全部藏起來，帶著花瓶返回房間，用棉被把自己整個人包起來，躲進衣櫃裡。

一片漆黑之中，只有手機螢幕微弱的光芒陪伴我。

我聽見自己劇烈的心跳聲，牙齒打顫得太過厲害，我只得咬住疊在旁邊的棉被，以防咬到舌頭。

忽然，手機震動，我手忙腳亂地接起，蕭大方說康榆沒接電話，而他快到我家樓下了。

我們保持著通話，直到電鈴響起，我再三確認按電鈴的人真的是蕭大方後，才敢從衣櫃爬出來。

雙腳發軟的我根本站不直，從房間走到大門的這段路變得十分漫長。透過門上貓眼看見蕭大方，我終於真正安心下來，顫巍巍地打開門。

「我們檢查過附近了，沒有任何奇怪的傢伙。另外，我打給康榆時，他說他睡了。」蕭大方和他的兄弟一起走進來，並特地到窗邊張望了下。

「他睡了？」我不相信。

蕭大方一臉爲難，「老實說，我也不信，他那邊是滿安靜的，但他的聲音聽起來很清醒，不像原本在睡覺。」

「妳家人還沒回來？」蕭大哥問。

我搖頭，有些慶幸媽媽不在家，否則我眞不知該如何向她解釋。

「我打電話給姬品珈，叫她過來陪妳吧。」蕭大方拿出手機，我連忙制止，並告訴他我的擔憂。聽了我的理由，他擺擺手，「我明白，可是難道留妳一個人嗎？況且這種時候，若妳沒跟姬品珈聯絡，她事後才知情會更擔心吧。」

我不得不讚歎蕭大方的細心，他的說法確實有道理，於是我打了電話給姬品珈，她馬上嚷嚷著要快點報警，還哭了出來，我連忙安撫她，她的聲音大到讓蕭大方和他的兄弟都不禁笑了。

最後，我決定今晚去姬品珈的家睡，並打了通電話給媽媽報備，媽媽目前還跟男朋友在外頭。我沒有告訴她詳細狀況，以防她過於擔心。

我搭上蕭家兄弟的車子，前往姬品珈的家。

姬品珈穿著輕便的服裝，默默在自家樓下等我，一見我下車，眼眶泛紅的她立刻衝過來，給我一個擁抱。

「妳沒事吧？」

注視著她，我不禁反思起過去的自己。

我自以爲十分關心巫小佟和謝荏恩，然而，我有像姬品珈這樣發自內心地關切嗎？

我可曾看著哭泣的巫小佟，而感同身受地流下眼淚？

還是我只是……只是熱衷於扮演「好閨蜜」的角色？

「妳眞的……有把小佟當成朋友嗎？」

謝荏恩的話就這麼浮現在我的腦海。

第四章

我簡直不敢相信。

古牧然此刻居然坐在我旁邊。

事情是這樣的，我時常會在搭公車去學校的途中，趁機補眠，通常快到站的時候，我就會自己醒過來。今天也是一樣的情況，可不一樣的是，當我張開雙眼時，看到古牧然就坐在我身旁的座位。

他應該不是搭這條路線的公車，畢竟我都搭了快一年，從來沒有在公車上遇過他，更別說其實我知道他家是在反方向。

他也在睡覺，似乎沒有要醒來的跡象。已經快要到學校了，他不醒的話，我沒辦法下車。

可是如果要叫他起來……天啊，我有點不敢。

結果，我就這樣呆呆瞧著他的側臉，直到公車猛地煞停，他的額頭撞上前方的椅背，古牧然才終於睜開眼睛，一副睡眼惺忪的樣子，接著對上我的目光。

「我們坐過站了。」這是我對他說的第一句話。

古牧然按了下車鈴，我跟著他下車，眼前是一個不知名的地方。古牧然看著我，「妳怎麼回事？也睡過頭？」

我搖頭，「你在睡覺，我沒辦法下車。」

這明明算是我們初次對話，我們的態度卻都不特別生疏。是因為我早就知道他了嗎？而他大概很習慣跟女生相處，才能自然地與我對話？

「叫醒我不就好了。」他看了手錶，「都已經朝會時間了。」

「我們快去搭公車，還能趕上第一節課。」我立刻要往對面跑。

「妳知道這裡是哪裡？」

「這邊有公車站牌，那對面肯定也有，一般來說都是這樣呀。」說完，我左右張望，確定路上暫時沒有行車後，過了馬路。

古牧然慢吞吞地跟在我身後，這種感覺好奇妙，他甚至連我是誰都不曉得，我們卻一同走在這裡。

當我來到對面時，發現居然沒有公車站牌，古牧然靠著牆自顧自地滑手機，而我像無頭蒼蠅似的亂竄，試圖找尋站牌。

「這條路上沒有往學校的站牌，前面那條馬路才有。」他靠近我，讓我看手機螢幕上顯示的地圖。他的手機是黑色的，他的指甲剪得很短，他的手指很纖長，看起來很漂亮……

「妳有在聽嗎？離婚女。」我聞言一怔，驚訝地抬頭看他，他的眼裡帶著一絲戲謔。

「你記得我？」

「拿了兩包離婚協議書的離婚女，我怎麼可能會忘記。」他收回手機。

「不要叫我離婚女，又不是我離婚，我連男朋友都沒有，是要離什麼婚。」

「那妳叫什麼？」

「我叫羊子青。」

「是喔。」他朝前方路口走去，這次換我跟上他。

古牧然似乎沒有要自我介紹的意思，他是認爲沒必要自我介紹，反正是萍水相逢，還是他認爲大家都知道他是誰，所以不需要提？

我確實曉得他的名字，所以此刻如果我問，就顯得太矯情了。可如果我不問，又好像我早就注意到他一樣。

當我還在苦惱這件事的時候，古牧然冷不防停下腳步，我差點撞上他的背。

「別有洞天。」說著，他往右邊跨了一步，前方中式的古樸建築映入我的眼簾。

擁有紅色磚牆的古厝占地廣闊，外觀十分整潔，看起來維護得很好。從門口往裡望去，依稀能見到幾位參觀者。

「好漂亮。」我驚訝無比。在臺北住了這麼久，我從不知道有這個地方。

「要進去看看嗎？」古牧然提議，我點頭如搗蒜。

古厝的確相當漂亮，不過也不是非得進去看不可，只是古牧然都這麼提議了，我當然要答應。

畢竟，平常我和他可是兩個世界的人，我想多加把握這段不可思議的時光。

我們一起踏進古厝，瞬間彷彿穿越了時空，透過文字導覽，我得知原來這古厝是閩南式建築，也順帶了解了相關的歷史背景。

古厝的一側有個大池塘，池邊有兩座古雅的涼亭，我和古牧然來到其中一座涼亭，欣賞著池中的荷花以及魚群，本來就很好的心情因此更好了。

「今天朝會，我其實要上去領獎的。」古牧然開口。

「對耶，你和賀存恩拿到了校外籃球比賽的冠軍。」

「基本上不能說只有我和存恩，雖然是靠我們兩個在拿分沒錯。」古牧然的目光落到我身上，「所以，妳父母離婚了？」

「你還真是直接。」這話題也轉得太快了。

他聳聳肩，「他們離婚，還要妳去買離婚協議書？」

「不是。」我頓了頓，「我買了，叫他們簽的。」

「這麼特別？」

我也聳聳肩。

「那妳的姓氏是父姓，還是母姓？」

「父姓，不需要改。」

「這個羊很特別。」

「什麼？」

「綿羊的羊。」

「喔，對呀，全臺姓羊的不到三百人。」我驕傲地說，「一般人聽到都會以為是木易楊呢，你怎麼會知道是綿羊的羊？」

「是啊，我怎麼會知道呢。」古牧然笑著，眼神別有深意。

我愣了愣，他的態度讓我覺得，彷彿他早就曉得我叫什麼名字。

「妳知道我的名字嗎？」

我先是搖頭，接著還是小聲地說：「古牧然。」

他的笑意更明顯了，「是啊，妳怎麼會知道呢？」

雖然是問句，然而他並不是真的在問我，他明白我為何會知道——因為我始終在注意他。

那麼古牧然也是嗎？

「我們差不多該回學校了，否則來不及上第一堂課。」古牧然淡淡提醒。

「好。」我應聲。

在公車上，古牧然提起高二選組的事，他說他和賀存恩的選擇不同。

於是我問他：「賀存恩選了哪一組？」

他笑笑地回：「我選理組。」

「我是問賀存恩。」我嘀咕。

「我知道。」

我很好奇，他是否面對任何女孩都會露出這種惡作劇似的表情。

但我一時接不上話，只能傻傻盯著窗外風景，也透過窗戶偷看他映在上頭的側臉。

下了公車，我們有默契地分開來走。

我望著他踏入校門，覺得有些失落，又爲能與他保有共同的小祕密而高興。

「妳今天怎麼遲到了？」進到教室，第一堂課的上課鐘正好響起，坐在我旁邊的巫小佟問。

「我不小心睡過頭，坐過站了。」我很自然地說，也不曉得爲什麼，就是不想講出古牧然的事。

「妳們看群組。」坐在前面的謝荏恩轉過頭。

我點開群組，謝荏恩傳了一張照片，是小狗奔跑著卻像是飛起來的樣子，巫小佟笑出聲來，喊著「好可愛」。

巫小佟喜歡狗，謝荏恩偶爾會跟她一起去遛狗，不過我對此毫無興致，她們也不曾約過我。

她們會在群組聊起我不感興趣或者根本不懂的話題，我多半用貼圖回應，有時插上幾句話，卻依然感覺格格不入。有次她們聊得太熱絡，我索性關閉提醒，過一段時間再看發現已經有百多則訊息，只能直接匆匆瀏覽過去。

無論是我才是促成父母離婚的始作俑者，還是與古牧然共處的時光，或是任何生活上的大小事，我幾乎都沒告訴巫小佟和謝荏恩。

因爲沒必要說，我想她們也不會想了解。

本來朋友就並非一定得無話不談，不是嗎？我會無條件站在她們那邊，這才是最重要的，就如同她們當初無條件接受我的加入一樣。

升高二前選擇組別時，我毫不猶豫地選了理組。

其實無論是文組還是理組，我都應付得來，只是巫小佟和謝茌恩之間，總有一種我無法插足的氛圍，待在她們身邊，有時候我會感覺自己是多餘的。藉著這個機會分到不同班級，也許對我們三個來說更好。

再加上，我知道古牧然選擇理組。

當在分班名單中發古牧然與我同班時，那份雀躍足以讓我好幾天睡不著覺。

開學第一天，我踏進教室，看見古牧然的身影，而他也看見了我。這瞬間，我們相視一笑。

如此默契，並不是我的錯覺。

✦

「古牧然，剛剛你說的話是什麼意思？」等看不見巫小佟和謝茌恩的背影後，我才轉頭問他。

「字面上的意思啊。」他裝傻。

這世上總是不乏奇妙的巧合，巫小佟剛好和賀存恩同班，兩人還發展出了曖昧情愫，這件事傳得沸沸揚揚，眼看他們只差一步就能在一起了。

方才，她們兩個就是特意來問古牧然，巫小佟和賀存恩之間有沒有機會。

古牧然不會說謊，所以他給了肯定的答案，可又似乎語帶保留。

「爲什麼你會說也許是你擔心太多了？」我問。

「妳這麼八卦？」古牧然勾起微笑，「那是他們的事。」

「但小佟是我的朋友。」

「是嗎？」古牧然注視著我，彷彿看透了什麼，讓我一時不知如何回應，「我看得出來的。」

「什、什麼？」我下意識摸上右手的幸運繩。

「沒什麼。」古牧然不打算說清楚，我也不想探究。

總覺得若是探究得太深，會被迫面對我自己都不想明白的事實。

「對了，羊子青，妳喜歡羊嗎？」

「這是什麼問題？」我不禁一笑，「因爲我姓羊嗎？」

「對呀。」

「那姓馬的不就喜歡馬，姓侯的喜歡猴子，姓燕的喜歡燕子……」

「停停停，不用一一舉例。」古牧然制止我，然後從口袋拿出兩張捏得有些皺的票券，是某座農場的入場券。

我傻愣愣瞧著，「你是什麼意思？」

「一起去啊，不然讓妳看看嗎？」古牧然好笑地說。

「你約我去？」

「不然給妳看，然後叫妳幫我約別人去嗎？」古牧然把一張票塞進我手中，「都是羊，妳會喜歡吧？」

「一般來說，不是該約看電影、吃飯、參觀展覽之類的嗎？或者去遊樂園也好，哪有約去農場的啦。」我嘴上雖然嫌棄著，內心湧起的欣喜卻幾乎令我無法克制地笑出來。

「我看妳很開心呀。」他戳破我，和我約定了會合的時間和地點。

「什麼東西？」張茗音冷不防湊過來，我和古牧然很有默契地立刻把票券藏起。

「沒什麼。」我們異口同聲。

「很可疑喔。」張茗音微微瞇眼，「在一起了要說喔。」

我下意識想反駁，卻對上了古牧然的眼睛，那雙眼睛如此令人著迷，接著他笑了，使我硬生生將反駁的話吞了回去。

週末，我穿了吊帶褲，戴著帽子和後背包來到約定地點，古牧然見到我的打扮先是一愣，隨即爆笑出聲。

「妳是小朋友嗎？來遠足？」

「什麼啊，你自己還不是一樣！」他穿著設計簡單的寬鬆T恤以及滑板褲，乍看好像只是去家裡附近買東西一樣，可是仍舊好看至極。

我這難道是情人眼裡出西施嗎？

不不不，我在想什麼，什麼情人西施，只有檳榔西施啦！

「今天還有餵小羊體驗喔。」

「哇，好棒！」我歡呼。

我對動物沒有太大的興趣，唯獨對羊比較有親切感，大概眞的是因為姓羊的關係吧。

抵達農場後，我們悠閒地參觀，還欣賞了剃羊毛的表演，然而一直到下午，都沒看見餵食小羊的體驗處在哪。

「到底在哪裡餵小羊呀？」我們找了個地方休息，古牧然去買了兩支冰淇淋，坐到我旁邊。

「這裡。」他把一支冰淇淋湊近我嘴邊。

「什麼？這是香草口味嗎？」我伸手要接，他的手卻稍稍往後收，輕輕搖頭，再次將冰淇淋湊到我嘴邊。

「在這裡。」

古牧然看起來溫文儒雅，但性格其實十分強勢，還有些壞心眼。見他硬要餵我吃冰淇淋，我張嘴意思意思地嘗了一口，心裡只想快點拿過冰淇淋自己吃。

古牧然滿意地看著我，「餵小羊，在這。」

我一愣，意會過來，瞬間覺得臉頰發熱，「你、你在說什麼啦！」

「我說的沒錯呀。」古牧然毫不扭捏，又遞來冰淇淋，「啊？」

「我、我自己會吃啦！」我想拿冰淇淋，可古牧然就是不給，執意要我張嘴。

「我想餵小羊呀，這是我今天最期待的事呢。」他賊賊地笑著，模樣該死的好看。

「好，你要餵，就餵個夠吧！」我豁出去了，急急吃了好幾口冰淇淋，弄得滿嘴都是。

「好像沾到了棉花或是羊毛。」古牧然瞇眼，開始享用他的冰淇淋，我試圖搶過來，換成我來餵他，無奈失敗了，他得意地哈哈大笑。

回程的路上，古牧然在公車上睡著了，他就這樣靠在我的肩上，害我睡意全消，整個人僵著身子不敢動，深怕吵醒他。

一路顛簸，我整個人腰痠背痛的，古牧然比我高這麼多，怎麼能睡得靠到我的肩膀上？但是當我們該準備下車時，我注意到古牧然在偷笑。

「你不會是裝睡吧？」

「妳也太晚發現了。」他竊笑不已，「謝謝妳一路上那麼努力撐住。」

「你好過分！」我尖叫，追著他下了公車，「我也很想睡覺呀！」

「不然……」他在公車站牌前轉身，拍了拍自己的肩膀，「下次這邊讓妳靠。」

我羞紅了臉，他怎麼都不會難爲情？對，我是很開心，然而古牧然這樣的行爲是什麼意思？

是因爲對象是我，還是任何人都可以？

想到這裡，我不由得有些沮喪，不過仍舊強打起精神。因爲無論古牧然內心怎樣想，此刻我都和他站在這裡。

✦

「太曖昧了喔，你們。」張茗音的臉忽然出現我眼前，我驚呼一聲，差點從椅子上摔下來。

「妳幹麼啦，嚇死我了！」我拍拍胸口，而張茗音伸出兩根手指頭，先指指自己的眼睛，又指指我的眼睛，然後移開她的臉，再指指她原本擋住的方向——古牧然的方向。

「什麼意思啦？」我收拾桌面上的課本，放進抽屜裡。

「妳一直盯著古牧然看，有時候他和妳對上眼，也會對妳微笑，太太太曖昧了，還不在一起？」張茗音根本是我的跟蹤狂。

不過類似的話，我也聽謝荏恩對巫小佟說過，巫小佟跟賀存恩同樣曖昧到極點，卻還沒向彼此告白，自然也還沒在一起。

仔細想想，我有很長一段時間沒和她們兩個好好聊天了，也沒有每天見面，明明彼此的教室距離不算遠。

此時，巫小佟剛好發來邀請，約我和她們還有賀存恩一起去遊樂園玩。

「就當作是助她一臂之力吧！」謝荏恩私下傳了訊息給我。

「古牧然，她們也有約你？」我看了訊息，用喊的問他。

「是啊。」古牧然坐在他的桌子上，也直接大聲回應我，「這下子如妳所願了，遊樂園。」

我一時沒意會過來，但隨即明白他是指我上次抱怨去農場的事，不禁一笑。

「你眞的很愛記恨。」我裝作沒好氣地回。

「好了好了，閃光去外面放，教室裡的人都要瞎了。」張茗音故意打斷我們，其他同學紛紛附和，我和古牧然大笑起來。

我喜歡大家調侃我們，雖然有點害羞，一開始還想過要反駁，可是古牧然那落落大方的態度，令我也坦然了不少。

當然，我也想過，他能如此泰然面對其他人的揶揄，說不定是因爲他並沒有眞的把我們的關係當一回事；或者，其實不需要說清楚，就這樣順其自然地相處，也能算是在一起？

明確說出「我們交往吧」，是不是太沉重了？

當這份情感所代表的意義具體化後，是否就沒那麼美麗了？

即使不提交往，我們的相處模式也依舊逐漸往那樣的方向發展呀。

大概是因爲我和古牧然之間相當順利，我原本以爲，巫小佟和賀存恩的進展也會順利，然而一起去遊樂園的那天，出現了另一個女孩，孫芃媛。

她和古牧然、賀存恩是青梅竹馬，不過很明顯，孫芃媛的注意力全放在賀存恩身上，這讓巫小佟的臉色陰晴不定。

「那個孫芫媛是怎麼回事？難道這就是你之前語帶保留的原因？」我小聲地詢問古牧然。

「那是他們之間的難題，但如果眞的想要在一起，對他們來說，這就只是一個簡單的關卡。」古牧然說得輕巧，然後趁大家不注意時，忽然牽了我的手。

「哇！」我大叫一聲，幸好我的驚呼被雲霄飛車上尖叫的聲浪掩蓋，沒人注意到。

「怎麼了？」他竊笑，沒鬆開我的手，「妳不是希望第一次約會是去遊樂園、電影院，或是一起吃飯、看展覽嗎？帶妳去農場眞是抱歉，但妳就是小羊呀，羊需要被牽著。」

「什麼羊需要被牽著，牛才是吧，羊應該是要牧羊。」說完，我意識到了什麼，古牧然凝視著我，在這個陽光金澄澄的午後，他彷彿自帶光芒般閃耀。

「羊子青，妳喜歡我對不對？」

「哪有人這樣問的？」

「因爲妳說牧羊啊。」他用另一隻手指了自己，又指了我，我頓時理解。

我回握住他的手，微微抬頭看他，狡猾一笑，「我覺得很開心。」

我的反應似乎出乎古牧然的意料，他愣了好一陣，最後紅起臉。

「你臉紅了？」有如發現了新大陸，我興奮地繞到他面前。

「囉嗦，沒有。」他用手掌遮住自己的臉，我仔細打量，偏白皙的肌膚令他雙頰的泛紅十分明顯。

「哈哈，你也會害羞呀。」

禁不起我的調侃，古牧然鬆開手，改成用雙手覆蓋自己的臉，看起來可愛極了。

「你們兩個在做什麼？快過來排隊啦！」賀存恩在前方大喊，我對古牧然扮了個鬼臉。

是啊，我們根本不需要確認彼此的心意，也無須說出那句近乎承諾的話語，就像現在這個樣子，也可以。

可是來到巫小佟他們身邊後，我明顯感受到氣氛有異，巫小佟的心情好像更差了，謝荏恩則始終怒視著孫芫媛。

我有些內疚，明明我的好友正因爲另一個女人的攪局而難過，我卻自顧自地和古牧然嬉鬧。

甚至，眼下我也無法對巫小佟的壞心情感同身受。

我握緊右手腕上的幸運繩，努力效法謝荏恩的態度，對孫芫媛冷言冷語。

之後，我們原本想搭摩天輪看遊樂園點燈的瞬間，沒想到孫芫媛吵著要回家，而巫小佟堅持要看，於是賀存恩選擇了孫芫媛。

「你跟他們一起回去吧，不然只有他們兩個單獨……不太好。」我把古牧然拉到一邊。

他看看賀存恩和孫芫媛，又看看另一邊的巫小佟和謝荏恩，深深嘆氣，「重點從來不是芫媛，是存恩。」

「不管啦，總之你跟他們回去。」

「可是我想和妳一起看遊樂園點燈。」他皺起眉，無辜的模樣彷彿小動物似的。

「我們之後還有機會再來。」

聞言，無辜的小動物換上奸詐的狐狸臉，「妳說的喔。」

我止不住嘴角的笑意，「我說的。」

他捏捏我的手，和孫芫媛以及賀存恩離開了遊樂園。

而我奔向巫小佟和謝荏恩所在之處。

「據說情侶一起搭摩天輪時，如果看見遊樂園點燈的瞬間，感情就可以長長久久。所以我還特地查了點燈時間，這時候很有機會可以看見……」謝荏恩說著。

古牧然也知道這個傳說嗎？還是他純粹想看點燈？

無論如何，今天與古牧然的遊樂園之旅讓我非常高興，開心到連要裝出生氣的模樣，都需要費盡力氣。

「那我們一起搭摩天輪，讓友情長長久久。」巫小佟伸出她的右手，謝茬恩跟著伸出，我趕緊照做。

「沒錯，管什麼男人呀，我們自己玩也很開心！」我言不由衷地說。

不過，當我們還在排隊時，遊樂園的燈便點亮了，與此同時，古牧然傳來訊息，附帶一張他在遊樂園門口拍的照片。

「上車前看到點燈的瞬間，這樣我們勉強算是一起看到了吧。」

我忍不住笑起來。對比巫小佟的難受，此刻我心中忍不住想，如果今天孫芫媛糾纏的對象是古牧然，我會怎麼辦？

雖然男方的態度很重要，然而孫芫媛的身分是青梅竹馬，是如此特別的存在，他們過去所共有的時光與回憶，是我永遠無法介入的，難保我不會爲此沮喪或患得患失。

想到此處，我有點慶幸，還好孫芫媛不是對古牧然有意。

這個想法令我產生微微的罪惡感，又不禁握緊右手上的幸運繩。

在這個瞬間，我明白了。

幸運繩並不是友情的象徵，而是用來提醒我自己——她們，是我的朋友。

我得爲朋友著想。

所以在不久後的將來，當古牧然近乎崩潰，並掉著眼淚對我怒吼時，我也握緊了幸運繩努力地告訴自己——

巫小佟，是我的朋友。

我發誓過要永遠無條件地站在朋友那邊。

第五章

因爲疑似被偷拍事件，即便在姫品珈家中，我仍睡得不甚安穩。經過一夜驚魂，隔天又要去學校上課，我實在不曉得該如何面對康榆。

雖說不想隨便懷疑他，但他這幾天的表現使我非常不安。

「放心，從現在開始，我會寸步不離地保護妳。」姫品珈勾住我的手臂，塞了一個防狼噴霧器給我，「這個是我的，我還有請朋友幫忙訂購電擊棒，貨到要等幾天，妳先湊合著用。」

「品珈，謝謝妳，我眞不知道……」

「欸。」她制止我繼續說下去，「謝什麼，這是我應該做的。」

「爲什麼？」

「因爲我們是好朋友啊！這種時候，如果我不能給妳依靠，那還當什麼好朋友？」姫品珈說得理所當然。

我卻想起，在巫小佟最需要依靠的時候，我對她說了什麼。

我不夠格當她的朋友，就連戴著幸運繩都不配，可是這是我唯一能做的事了。

「眞的謝謝妳，在這種時候還願意幫我，可是如果連累到妳……」

「三八喔，一直道謝。不會啦，妳以後飛黃騰達別忘了我就好。」她親暱地蹭了我一下。

來到學校，我在進教室前，先傳了訊息給蕭大方，他回覆目前他們幾個男生都在教室裡，康榆沒什麼異狀。

「別擔心，我會一直在妳旁邊。妳不要理康榆，時間久了，他對妳的感覺應該就會慢慢淡了。」姬品珈認眞地說，「再不行的話，就去報警。」

「嗯。」我用力點點頭。

原本戰戰兢兢的心情，在踏入教室後煙消雲散，因爲康榆連看也沒看我一眼，兀自和蕭大方等人聊得開心。我和姬品珈都有點意外，蕭大方則用眼神向我們示意情況很安全。

「難道是我們想太多了？」我壓低聲音，選了個離康榆最遠的位子坐下。

「他在咖啡廳的怪異舉動是眞的，擅自在妳的手機安裝定位程式也是眞的。」姬品珈提醒我，「我們還是得小心才行。」

我點點頭，保持警戒。

隨著一堂課一堂課過去，康榆始終沒有任何奇怪的舉動，而且下午的課換了教室，我就沒再見到他了。我放鬆下來，感覺昨天的驚嚇好像全是幻覺。

期間，我們不時詢問蕭大方狀況如何，他都回應一切正常。多虧他們那群男生平常老是膩在一起，課表也排得一樣，因此蕭大方可以名正言順地監視他。

當晚，我決定回家，只是仍不敢靠近窗邊。姬品珈每三十分鐘就會打電話來關心，不過什麼事都沒發生。再隔天，我稍稍打開窗戶了，依舊毫無異常，而這幾天康榆別說和我講話了，我們連對上眼都沒有。

或許是那天在咖啡廳，我真的讓他太難堪，所以他放棄了。

就這樣相安無事地過了好幾天，我終於完全放下心中的不安，迎來聯誼當日。

一早我便打點妥當，卻接到姬品珈的來電，她說昨晚吃壞了肚子，今天上吐下瀉的。

「妳還好嗎？要不要我去看妳？」

「不用了啦，太麻煩妳了。」姬品珈的聲音略顯虛弱，「我剛才有請蕭大方帶我去看醫生，順便叫他也騎車送妳去聯誼。」

「送我？不需要吧，而且妳什麼時候還會叫蕭大方帶妳去看醫生啦？」我沒忘記調侃她。

「妳別亂想，我家人今天都不在，蕭大方又正好傳訊息給我，一切都是巧合。」

她咳了兩聲，「總之，雖然康榆這幾天挺安分，妳還是別落單比較好，反正蕭大方已經過去了，他到了會打給妳。」

「好吧，那我結束聯誼後再去看妳。話說女生這邊臨時少一人，王亦嫻知道嗎？」

「我跟她講過了，我是生病，也沒辦法。」姬品珈十分無奈，「有帥哥記得告訴我。」

跟她再聊了幾句後，我結束通話，不久蕭大方就打電話來了。我立刻下樓，只見蕭大方坐在他的機車上，手裡拿著紫色安全帽，對我揮了揮手。

「聽說你帶品珈去看醫生？」我賊賊地問，接過安全帽。

「欸，少來，別想把我們湊對喔。」他哈哈一笑。

「好啦，不鬧你。眞不好意思，還麻煩你送我過去。」

「小事啦！」他毫不介意，我扶著他的肩膀上了後座，「結束後要不要我去接妳？還是妳有可能跟聯誼的人看對眼？」

「我會找人跟我一起搭車的。品珈太緊張了，這幾天康榆不是沒什麼不對勁嗎？」

蕭大方發動機車前駛，微微側頭回應：「是啦，也沒提妳的事。那天小胖想問，康榆卻直接略過這個話題，雖然只有這短短幾天，但我猜他應該是想開了。」

「真的很謝謝你，改天讓我請你跟品珈吃飯吧。」怕他沒聽清楚，我的身子微微前傾，提高音量。

「好啊，隨手幫忙還有免費的飯可以吃，眞是太感謝了。」蕭大方爽朗地笑，和他的名字一樣，表現得落落大方。

機車停在餐廳前，王亦嫻和班上的其他女生已經到了，當她們看見我從蕭大方的機車上下來時，不由得瞪大眼睛。

「你不會是來頂替姬品珈的位置吧？」王亦嫻開玩笑地說。

「怎麼可能，舉手之勞，順路啦。」蕭大方向我們班的女生打了招呼，便瀟灑地離去。

他一走，王亦嫻馬上回頭看我，滿臉不可思議，「妳參加聯誼還讓男生送妳來，妳知道這會給其他男生什麼印象嗎？」

「什麼印象？」我不明所以。

「就是玩咖啊！哪有來聯誼居然讓男生送的。」王亦嫻似乎認爲我很沒常識，不過我不想向她解釋。

要解釋就會牽扯到康榆，若之後她們爲此指責康榆，不小心惹惱了他，或者無意中傷害了他，那該怎麼辦？而她們更可能會認爲是我多心，畢竟康榆編造的故事使很多人相信我與他什麼都做過了。

總之無論怎麼說，對他或對我都不好。

王亦嫻的反應讓我忍不住覺得，如果不清楚對方的處境，那麼就不該隨便評斷對方的行爲。

餐廳安排了長桌給我們，所有人自動分爲男生一側、女生一側，而王亦嫻和一個穿紅色襯衫的瘦小男孩自動坐到長桌最前方。

「我幫大家介紹一下，我們是洛大香妝系大一的學生，我叫做王亦嫻。今天我們有位小公主得了腸胃炎，不能過來，所以男生會多一個，不好意思啦。」

大家就定位後，身爲主辦人之一的王亦嫻站起來，稱職地說了開場白。

「妳怎麼叫人家小公主啊？不太好吧。」穿紅色襯衫的男孩笑了笑，跟著起身，「妳們好，我們是南大食品系的黃金單身漢們，從大一到大三都有，大家就隨意吧，別拘束。」

「我叫她小公主沒別的意思，只是因爲人家姓姬。在日文裡面，姬不就是公主的意思嗎？」王亦嫻解釋，但大家的心思已經不在這上頭。

雖然說隨意，不過一開始大家也不知該怎麼聊，索性都找坐在對面的人攀談。

坐在長桌尾端的我發現，斜對面那個男生始終低頭玩著手機，顯然對聯誼一點興趣也沒有，而坐在我對面的男生似乎對我旁邊的女生更有興趣。

這樣也好，反正少了姬品珈，我也想早點回家，於是我打算和那個男生搭話，看能不能和他一起假裝先離開，實際上各自回家。

「那個……」我移動到旁邊的座位，輕喚那個男生，他抬眼，那張臉異常眼熟。

「好了，從坐在最後面的人開始自我介紹吧！」此時，王亦嫻冷不防發話，指著我們兩個。

那個男生瞧了她一眼，嘆了口氣站起身，「我本來就是來湊人數的，既然少了一個人，那我也先走了。」

說完，他拿起背包和外套離開，大家被他突如其來的行爲嚇了一跳，沒人想到要阻止他。

望著他的背影，我忽然想起來了，他就是那天在咖啡廳阻止康榆的人。

原來，他不是和我念同所大學，而是南大的學生。

我來不及跟他道謝，雖然他大概也忘了我。

「不是他吵著要來的？」

「誰知道，別管他了。」

幾個男生小聲討論。

「好啦，這下人數剛好了，來，自我介紹吧！」紅襯衫男孩拍拍手，拉回大家的注意力，所有人開始一個一個自我介紹。

我錯過了離開的時機，也找不到理由詢問剛才那個男生的姓名或聯絡方式。這場少了姬品珈的聯誼對我而言失色不少，好在餐廳的啤酒與食物挺不錯，算是聚會的一大亮點。

聯誼結束後，許多人自動成雙成對地離場。雖然喝了兩大杯黑啤酒，但時間還早，再加上心情不錯，於是我將姬品珈與蕭大方的叮嚀拋到腦後，踩著輕飄飄的腳步踏上回家的路。

捷運上人潮眾多，想找個地方站都難，搖晃的車廂使我有點想吐，只好提前兩站下車，多走一些路回家。

時值夏天，即便已是傍晚，空氣依舊黏膩悶熱，不過受酒精影響，我並未感覺到太多不適，哼著愉快的小調，享受著獨自漫步的時光。

手機傳來震動，來電者是蕭大方。

「蕭大方，安安。」因爲酒精，我講話有些無厘頭。

「還安安咧，妳是喝多少呀！」電話另一頭居然是姬品珈的聲音，「我算了算，你們也該解散了，妳在哪裡？蕭大方去接妳。」

她的聲音有精神多了，我正想調侃她爲什麼用蕭大方的手機打給我，酒勁卻衝上來。我打了一個嗝，莫名笑了起來，結果只說出語焉不詳的一句話：「很詭異喔！」

姬品珈聽懂了，「少無聊了啦！早上他帶我去看醫生時，我的健保卡掉在他機車後座的置物箱，所以他送來給我。他現在在我家樓下，我沒帶手機，就借他的用了。總之，讓他去接妳回家，不然太危險了。」

「不用來接我啦，我已經快到家了。」我家所在的巷子就在前方。

「妳確定？那我陪妳講電話，講到妳到家爲止。」

「喂，要繳電話費的是我耶！」我聽見蕭大方沒好氣地喊。

「哈哈，放心啦，我到家再跟妳說就好。妳身體好點了吧？」我左右張望，確定沒有車子，遂穿越馬路。轉進巷子前，我瞧見不遠處有道熟悉的背影，「我看到我媽了，那先這樣啦，拜拜。」

「平安就好，晚安。」姬品珈說完，掛了電話。

看樣子，說不定姬品珈和蕭大方有機會，即使他們都說不可能。

我小跑步地接近媽媽背後，故意「哇」了一聲嚇她，正專注回覆手機訊息的她眞的被我嚇著，差點把手機摔在地上。

「要是摔壞了怎麼辦？」媽媽心有餘悸，我瞥了眼手機，畫面停留在LINE的訊息介面。

「誰叫妳要邊走邊傳訊息？很危險耶。」我反過來叨念她。

她關閉手機螢幕，「明天的約會，記得吧？」

「什麼？」

「妳忘了？」媽媽伸手打我的肩膀，「要和我的男朋友見面啊。」

聽她說出「男朋友」三個字，我不自覺揚起笑容。

「當然記得，怎麼可能忘記。」我勾住她的手臂，「我不會害妳丟臉的，絕對會讓他知道有個女兒多棒。」

聞言，媽媽頓了下，「我有跟妳提過，他也有小孩嗎？」

「是喔。」我瞬間稍稍酒醒，「所以，他也離過婚？他的小孩是男生還是女生？」

「他有個兒子。」媽媽握住我的手，「要讓我們這兩個婚姻失敗的人，再次踏入婚姻，是一件多不容易的事，我很希望妳和他的兒子能好好相處。」

我點點頭，「當然。」

雖然沒料到對方也有孩子，但兒子應該比女兒好一些。畢竟和女生相處眉角太多，一點小事都可能鬧成大事，如果我們處不好，那他們肯定會十分頭痛。若對方是男生，我想我們應該可以各過各的生活。

既然媽媽都提到「踏入婚姻」了，結婚想必是不遠的事，如此一來，我們很快就會從兩人家庭變成四人家庭……等等。

「媽，他有幾個兒子？」

「一個呀。」

好，四人家庭。

對我來說，忽然要和兩個陌生男人住在一起，說實在的有點彆扭，不過基本上我還是相當高興並樂觀其成，因爲無論如何，這都是好事。要是我眞的和他們不合，找機會搬出去便是。

「他兒子幾歲？」萬一正處於叛逆的青春期，那就麻煩了。

「比妳還要大，大三了。」

「這樣啊。」我從包包裡拿出鑰匙，打開一樓的鐵門。

「怎麼了？問這麼詳細。」

「我在擔心，要是我愛上了哥哥怎麼辦？」我故意開玩笑。

媽媽一怔，隨即哈哈大笑，「有什麼不行？親上加親啊。」

她回答得很不正經，想必根本沒放在心上。

翌日，我原本想穿休閒服裝赴約，然而媽媽穿了十分正式的洋裝。

「我們是要去什麼樣的餐廳？」我皺眉問，得到的答案是一家很有名的法式創意料理餐廳，不排上三、四個月是訂不到的，完全是眞正的高檔餐廳。

對於媽媽的對象，原本我只是單純想著，她能再遇到與她相愛的人眞是太好了，除了爲有人可以陪伴媽媽而高興，也很欣慰她能再相信愛情。

可是得知他們選擇的餐廳如此高級後，我忽然好奇起對方的職業、年齡，以及品性如何等等，畢竟有關媽媽看男人的眼光，我所能參考的例子也只有我的爸爸。

於是，我重新選了件連身洋裝，並搭配包鞋，盡量讓自己看起來高雅端莊，避免失禮。

難得穿得這麼漂亮，又要前往高檔餐廳，於是我向媽媽提議，不如奢侈一點叫車接送。當我透過手機的叫車程式發現車子再過一個紅綠燈就會抵達時，便決定先下樓等候。

「哎呀，有妳的信耶。」媽媽跟著下來，閒不得的她趁著這時打開信箱，廣告傳單統統掉了出來。

「媽，回來再收就好啦。」

「是妳們叫車嗎？」一輛高級房車駛近，司機搖下車窗探出頭。

「啊，是的。」結果，媽媽就這樣順手將一封有點厚度的信塞給我，我把信收進包包裡。

當我們抵達時，媽媽收到訊息，對方表示因爲工作的關係，他們會稍微遲到。我看著對面的兩張空位，好奇心徹底被挑起。

「媽，對方的職業是什麼？你們怎麼認識的？」

「他是老闆。」

我一聽，下巴差點沒掉下來，「什麼老闆？」

「一間小公司……啊，他們來了。」媽媽朝前方招手，我順著她的視線看去。

一名穿著合身西裝、高大挺拔的中年男人走來，他那參雜著幾根白色的頭髮往後梳攏，和善的臉上戴著眼鏡，看起來斯文老實卻又瀟灑迷人。

而一名青年走在他後頭，身材比他高些，穿著藍色襯衫與牛仔褲，對我露出微笑。

「啊！」我驚呼一聲，而青年對我的反應似乎不意外。

「妳們好。」他開口。

「子青呀，我幫你們介紹一下，這位是練軒叔叔，這位則是他的兒子……」媽媽起身要介紹，青年卻向我伸出手。

「阿姨，不用麻煩了，我們見過。」他微笑，可是眼神裡沒有任何笑意，「我叫練育澄。」

世界眞有這麼小？小到我早已見過我未來的哥哥？

不過很快，我便發現這位「哥哥」雖然彬彬有禮，對待我媽也是眞心誠意，偶爾瞥向我的眼神卻流露出一絲敵意與不屑。

「育澄呀，你說和子青見過面，是在什麼時候呢？」媽媽切著干貝，笑容滿面。

我對他使眼色，要他別告訴媽媽我之前被康榆騷擾。

練育澄瞄了我一眼，我不曉得他有沒有理解我的意思，接著，他揚起嘴角回應媽媽：「一面之緣，我在洛大附近的咖啡廳見到她的，因爲我爸給我看過她的照片，所以我馬上就認出來了。」

「你去洛大附近做什麼？」練叔叔問。

「沒什麼，恰巧經過。」練育澄吃了口干貝。

這個人，就是在咖啡廳解救我，又在聯誼聚會上先走的男生。想不到他居然是媽媽的對象的兒子，但此刻我無法搭腔，怕一不小心就講出實話。

「沒記錯的話，育澄是念華大對吧？」媽媽的話讓我一愣，我抬起頭看練育澄。那天和我們聯誼的學校分明是……

「是啊，華大是我的母校，因此育澄也選了那所。」練叔叔的語氣十分驕傲。

見我神情狐疑，練育澄並沒有理會，而是繼續說著華大的校園景致以及師資等。

「華大跟洛大是姊妹校，你們眞有緣呀。」媽媽笑了下，練叔叔問她在笑些什麼，媽媽擺擺手，「沒事，只是想到昨天子青開了個玩笑。」

「喔？什麼玩笑呢？」練叔叔有點好奇，我的心中頓時升起不好的預感。

「她說，要是她和哥哥談戀愛了怎麼辦？我那時沒料到，這兩個人居然還眞的這麼有緣。」

「哈哈，樂觀其成。」練叔叔也笑了。

媽媽是談戀愛談到腦袋變漿糊了嗎？

我們母女私下的玩笑話，怎麼能在這種場合提起！

如果「哥哥」是好相處的人那也罷了，問題是難道他們看不出來，這位「哥哥」對我很有意見嗎？

我實在不明白自己是哪裡惹到他了。

「放心吧，這是不可能的。」練育澄皮笑肉不笑地否定。

「對，不可能！」我終於說出這頓晚餐上的第一句話。

「哎呀，眞有默契。」媽媽還繼續調侃。

「我們當然知道啦。」練叔叔說。

我喜歡練叔叔，他的舉止非常得體又溫柔，重點是我看得出來他很喜歡媽媽。能和他成爲家人，是我的榮幸。

但這個練育澄是怎樣？

不妙，我覺得我快哭了。

「我去一下洗手間。」

我趕緊起身，將膝蓋上的餐巾紙暫放到餐桌，迅速離開現場。

我從沒感覺這麼委屈與難堪過，內心暗自希望媽媽別發現我的異狀。我不想讓她丟臉，卻因爲練育澄的態度而亂了方寸，連一句像樣的問候都說不出來，練叔叔想必會認爲我沒禮貌，也不夠大方。

如果媽媽得知這個情況，肯定會爲了我放棄再婚，就算他們保持交往關係，練叔叔的兒子不喜歡我這件事，也絕對會影響他們的感情。

洗手間裡的鏡子映出我的臉，眼眶果然微微發紅。我扭開水龍頭洗手，並掬起水拍拍臉頰，再次抬眼注視鏡中的自己。

羊子青！妳有什麼好沮喪的！

看看妳的臉，等等用這張臉出去，一定會被問怎麼了！

我深吸一口氣，只覺自己最近真的是犯小人。我又沒做錯任何事情，練育澄幹麼那樣？

算了，我先前不也想過，如果和新哥哥合不來的話，頂多就忍耐一陣子後搬出去？是呀，這樣練育澄對我也可以眼不見為淨，我何必讓媽媽跟練叔叔擔心呢？

這麼一想，我的心情輕鬆多了。

我努力對鏡中的自己綻放笑容，媽媽的幸福是最重要的。

就當作是演戲吧，練育澄如何對待我都不要緊，總之保持笑容就好。

做完心理建設，我抽了張紙巾小心擦掉臉上殘餘的水珠，避免弄花妝容，然後練習一次完美的微笑後，走出洗手間，卻看見練育澄站在外頭。

他上身倚在牆邊，雙手環胸低著頭，在我開門的瞬間投來目光，站直身體，「哭了？」

「幹麼？」我抬起下巴，「我搞不懂你是怎樣，但對我而言，最重要的是我媽媽的幸福，所以你不喜歡我，請便，不過請克制你的態度，別讓他們擔心。」

「哈！」他冷笑一聲，雙手插進口袋，「妳好意思說這種話？有妳這樣的女兒，阿姨眞可憐。」

這句話頓時令我火大，我筆直走到他面前，用力推了他，「你憑什麼這樣講？你了解我嗎？你又了解我媽了嗎？」

他被我推得稍稍往後一仰，隨即取回平衡，再次朝我踏前一步，整個人逼近我，「我確實想了解再次讓我爸相信愛情的女人，於是我主動去認識了阿姨，而妳在阿姨告訴妳之前，知道我爸的存在嗎？妳在乎過嗎？妳嘗試詢問過嗎？」

我一愣，我的確沒有。

「認識阿姨後，我明白了她爲什麼能打動我爸的心，所以當我爸對我說想考慮結婚時，我舉雙手贊成。」練育澄瞇起眼睛，「這樣一來，我就也必須了解，阿姨的女兒是怎樣的人。」

「原來……我們之前的相遇都不是偶然？」我反應過來，腦中浮現之前幾次遇見他的場景。

「對，我一開始以爲妳很單純，才在咖啡廳出手幫了妳，結果聯誼那天，妳卻讓別的男生送妳來，於是我猜想，妳是不是就是一個習慣與人搞曖昧、利用他人的女人，才會惹禍上身？」

我渾身顫抖，強忍怒氣緊握著拳，「我沒必要向你解釋，你都這樣認爲了，我再解釋也沒意義。借過！」

「說不贏就想跑？連辯解都懶？」練育澄擋住我的去路，「我警告妳，妳要怎麼玩隨便妳，但別搞大肚子回來，害我爸跟阿姨為妳操心，收拾妳的爛攤子！」

「到底干你屁事！」我氣得想再次推開他，然而練育澄迅速一閃，讓我重心不穩差點摔倒。

「正如妳所說，最重要的是我爸和妳媽的幸福，因此我會隱藏好自己對妳的反感，也請妳自重，在他們面前裝成潔身自愛的樣子。」練育澄看我的眼神像是在看什麼低等生物。

他眞是可笑，居然只憑寥寥幾次觀察就評斷我這個人。

「正合我意！」我怒視他，發誓之後一定要去廟裡拜拜，最近眞的有夠犯小人。

我的手機在這劍拔弩張的時刻響起，我看也沒看便接聽，並越過練育澄打算離開。

「妳看了嗎？」

電話那頭的聲音令我腳步一頓，走在後面的練育澄來不及停下，稍微撞到了我。

「康榆？」

「妳看了嗎？」康榆的語調很奇怪，像在笑，又異常嚴肅。

「看什麼東西？」我不禁有些顫抖，雖然康榆這幾日相當安分，可是一接到他的電話，那份恐懼便再次湧上心頭。

「我放在妳家信箱的信，妳快點看。」康榆略帶興奮地說，發出詭異的笑聲。

信？

我想起出門時媽媽塞給我的信，趕緊從包包裡拿出來。信封上沒有郵票與地址，是直接被放進我們家信箱的，裡面顯然裝了厚厚一疊東西……我有種不好的預感。

練育澄皺眉站在一旁，我打開信封，瞬間倒抽一口氣。

是我的照片，全部都是。

我穿著睡衣站在房間窗邊、我和朋友在學校聊天、我在捷運上補眠、我走在回家的路上，甚至連與媽媽走在一塊、聯誼時和人說話的模樣、蕭大方跟他的兄弟來我家找我，以及蕭大方騎機車載我的照片都有。

「這是怎麼回事？」練育澄瞧見了照片，臉色一僵。

「妳這女人……居然敢玩弄我，我不會原諒妳，也不會原諒背叛我的蕭大方……」康榆陰冷地說，我臉色發白，顫抖得越發厲害。

見狀，練育澄忽然搶過我的手機，開啟免持聽筒功能後，調了下音量，開口說：「先生，請你節制點。」

「喔？又是新的男人？羊子青，妳還眞是厲害……」

「要是你再騷擾我們子青，別怪我們動手。」神奇的事情發生了，說話的明明仍是練育澄，卻換了另一種聲線。

我不可思議地看著他，而練育澄繼續說：「拜託有點風度好嗎？追不到就追不到，你再來亂，我們就報警了。」這一次換成粗獷沙啞的聲音。

「你又是誰？」電話那頭康榆的語氣更陰沉了。

「你不用管我們是誰，總之如果再騷擾羊子青，或讓我們再見到這種照片，那就看是要報警，還是要私下處理。」練育澄的聲音變得冷酷如殺手。

康榆沉默了一會兒，掛斷電話。

練育澄把手機丟回給我，我連忙伸手接住，詫異地問他：「剛才那是怎麼回事？」

「對付這種人，就要用半威脅的方式，不然他們不會怕的。」練育澄冷眼打量我，「妳就是到處和人曖昧才會遇到這種事，妳自己也有責任。」

「我沒……算了！我懶得跟你說！」我已經搞不清楚現在的顫抖是因爲害怕還是憤怒，「我只能說，你看人根本不準。」

他似乎終於產生了些懷疑，拿過我手中的照片，「他還眞是變態，妳到底做了什麼？」

「我什麼也沒做！」我搶回照片，他卻不放手，導致照片散落了一地，「你在幹什麼啦！」

「誰叫妳搶。」

我們兩個趕緊蹲下撿起照片，我這才發現裡面有好幾張蕭大方的獨照，忽然驚覺不妙。

「這男生是那天送妳來聯誼的那個？」練育澄問。

「對，他是康榆的……就是剛才打電話給我的人，這男生和他是朋友……不行，我得確認他的狀況。」我迅速撥電話給蕭大方，然而他沒有接聽，我又撥了第二次，依舊沒人接。

不安在心中擴散，我轉而聯絡姬品珈，她人似乎也在外頭。

「不好了，妳知道剛剛發生什麼事嗎？」我把來龍去脈敘述一遍，姬品珈驚呼連連，罵了幾句髒話。

「我們真的應該報警！」她慌張地說，接著表示她會試著找找看蕭大方，我還來不及問她打算怎麼找，通話便被切斷。

「……我是搞錯什麼了嗎？」練育澄總算說出今晚最聰明的一句話。

「從頭到尾都搞錯了！」我仍然不想解釋，將照片全部收好放回包包裡，「警告你，別告訴我媽這件事，我不想讓她擔心。」

「康榆就是在咖啡廳騷擾妳的那個？妳沒有報警？他感覺很不對勁耶。」練育澄跟在我身後。

「我現在沒時間跟你解釋，記得，等等什麼也別說！」我轉身，用食指指著他。

練育澄蹙眉閉口，如今我們的立場相反了，變成他氣勢大減。

我揚起微笑，回到座位，優雅地將餐巾紙蓋在大腿上。

「妳還好嗎？」媽媽擔憂地問，神情流露出不安，或許她是以爲我不喜歡練叔叔。

「不好意思，方才我有點不舒服，但已經好多了。」我盡量表現得從容，「沒想到之前有過一面之緣的紳士，將來居然會成爲我的哥哥，眞是太高興了。」

練育澄對於我的改變有些訝異，不過他也輕勾嘴角，「是啊。對了，你們會舉行婚禮嗎？」

「不了，公證即可。」練叔叔看向我，溫柔又慈愛的模樣令我有些不習慣。畢竟，在我的記憶之中，父親並不是這種樣子。

「子青，等我們結婚以後，我希望能請妳們搬到我家來，所以我想徵求妳的同意。」練叔叔誠摯地說，我頓時覺得溫暖至極。媽媽能遇到這樣的人，眞是太好了。

「當然沒問題。」我很快回應，「謝謝你，叔叔。」

「育澄，你願意和兩個陌生女子住在一起嗎？」

媽媽眼眶泛紅，而練育澄坐正身子，雖然偷瞥了我一眼，但在希望彼此的父母都能快樂的共識下，他也真誠地回：「我不跟陌生人住，可是阿姨，妳們並不是陌生人。」他那雙眼睛與練叔叔神似，搭配同樣誠懇的眼神，令這番話特別有說服力。

這頓飯結束後，爲了讓媽媽可以和練叔叔約會，加上我也擔心蕭大方的安危，所以我謊稱想和「哥哥」培養感情，兩人約好了要去看電影。

練育澄明白我的用意，並未拆穿。我們在餐廳門口目送他們離開後，我馬上收起笑臉，「你可以走了。」

「那妳呢？」

「不關你的事。放心，我們搬過去後，你只需要忍耐個半年，我就會找藉口離家。」我拿出手機撥給姬品珈，一邊往另一頭的馬路走，想攔計程車。

「爲什麼是半年？」練育澄跟上來。

「如果我過去住沒多久就搬走，你爸一定會以爲我是不習慣。等半年後，我再找個理由，例如說課表安排得不好，導致我必須搬到學校附近住，比較方便，這樣他就不會多心了。」

都晚上十點多了，始終沒有空的計程車經過，我不禁有點焦急。

「妳想得眞仔細。」他聳肩。

「我可不像你，短暫地觀察一個人幾次，就誤會對方。」姬品珈怎麼樣都不接電話，在轉進語音信箱後，我重新撥號，「僅僅透過片面觀察，難道就能了解一個人嗎？你大概以爲我很膚淺，但膚淺的是見過幾次面就自以爲了解我的你。」

練育澄沒有反駁。

終於，有一臺亮著空車燈的計程車從轉角出現，我趕緊招手攔下，沒想到練育澄也跟著我上車。

「你幹麼？」我驚訝地問。

「都這種時候了，我有義務保護妳的安全。」他一副老大不願意的樣子，卻刻意補了句：「妹妹。」

「不需要！」

「妳確定？要是那個什麼安康魚又來找麻煩呢？」

「不是安康魚！」這傢伙怎能把名字記成這樣。

「隨便，總之我必須讓妳安全回家。」他關上車門，「我們現在要去哪？」

姬品珈的電話二度轉入語音信箱，我不死心地又撥號一次，「先去找我朋友好了。」我報出姬品珈的住址，路途中，我不曉得打了幾通電話，最後她終於接起來。

「謝天謝地，妳……」

「子青……」

一聽到她的聲音，我便明白大事不妙。

「怎麼了？品珈，妳怎麼了？妳在哪裡？」我緊張地問，練育澄好奇地看過來。

「我、我在……」她抽抽噎噎的，上氣不接下氣，「我在醫院……急診室……」

我倒抽一口氣，「發生什麼事了？妳沒事吧？哪家醫院？」我連忙請司機轉爲開往姬品珈說的醫院。

姬品珈開始敘述事發經過。稍早接到我的電話，她馬上撥給蕭大方，同樣無人接聽，不安的她問了蕭大方的幾個朋友，其中一人傍晚才和蕭大方一起打過連線遊戲，當遊戲結束時，蕭大方說了要去買晚餐。

蕭大方是獨自在外租屋，而之前蕭大方送姬品珈去看醫生時，曾途經他的租屋處，所以姬品珈大概記得位置。她騎著機車趕去，結果沒找到蕭大方，卻先撞見附近一條馬路上的車禍現場。

一輛車頭全毀的機車停在路邊，救護車似乎剛離開不久，周遭的人群議論紛紛。

姬品珈說，那大概是她這輩子心跳最快的時刻，她的腦中一片空白，只知道自己認得那輛機車，正是屬於蕭大方的。

根據附近居民以及攤商的描述，蕭大方買完晚餐後，才剛跨上機車要發動，一臺汽車便突然逆向衝過來，將蕭大方連人帶車撞翻。

汽車沒有煞車，駕駛也沒有下車查看，撞了人就開回原本的車道加速逃逸，目擊者立刻報警並叫救護車，也有好心民眾幫忙記下肇事車輛的車牌號碼，以便警察追蹤。

不幸中的大幸是，蕭大方在千鈞一髮間稍稍閃了身，因此並未被迎面撞上，但他還是受了不輕的傷，好險意識還清楚。

「蕭大方有看到是誰撞他的，可是他不肯說！」姬品珈在電話那頭哭成淚人兒，「他骨頭都斷了，還是不說，我看著都痛！」

而我的聲音在發抖，「難道……」

「除了康榆！還會有誰！」姬品珈怒喊，「他為什麼要這樣？蕭大方不是他的朋友嗎？」

我拿出那疊照片，其中有許多張蕭大方與我在一起的畫面……是因為我嗎？

康榆誤會了好心幫助我的蕭大方，蕭大方則因為好心，惹上了無妄之災。

止不住淚水與顫抖，我哭著說出自己的猜測，旁邊的練育澄緊皺眉頭，姬品珈在電話裡不斷咒罵。

很快，我們抵達醫院的急診室，我給了司機一張大鈔後匆匆下車，練育澄在後頭喊我，我沒停下腳步，一路衝進醫院裡。

急診室很大，加上不知怎麼回事，有許多醫護人員與傷患不斷穿梭，我一時找不到姬品珈，櫃檯前又大排長龍，於是我拿出手機想打電話問她，卻發現自己的手心全是汗水，怎樣都解不開手機的指紋鎖，密碼也輸入錯誤。

「我就知道妳會來。」陰冷的聲音從身後傳來，我的血液彷彿瞬間凝結。

我顫巍巍地回過頭，看見穿著黑色帽T的康榆站在我後面，他的手伸進帽T前方的口袋，緩緩抽出，手中多了一把反光的銀色美工刀。

「我就知道妳會來找蕭大方，你們這兩個賤人，居然背叛我！妳還和那麼多男人曖昧！」他發狂大吼，無視周遭人群，高舉美工刀就要朝我揮來。

我大叫出聲，下意識伸手去擋，這時另一隻手抓住了康榆的手腕，是練育澄。他雖然滿臉驚恐，仍臨危不亂。

「搞什麼！」練育澄喝斥，原本傻愣住的保全急忙跑過來，然而康榆不知哪來的力氣掙脫箝制，一個旋身將刀片狠狠往練育澄身上劃去。

練育澄反應不及，手掌被割出一道鮮紅，血液滴落在地板上。

「啊——」不知是誰驚呼，有些人開始竄逃，有些人則過來幫忙。

康榆根本不管周遭的混亂，他的目標是我，我看見他又從口袋拿出另一把更大、更鋒利的刀子。

這一刻，我的腦海閃過許多念頭。我該往急診室內部逃，還是跑到樓梯間，或者該逃去外面？

急診室全是病人，往那裡不妥。樓梯間的話，可能一下就被追上了，但如果向外面逃，路上車水馬龍，說不定我們都會被車撞到。

腦中有如此多的想法，我的身體卻完全跟不上，依舊只能呆站在原地。

而康榆毫不猶豫，他是眞的想傷害我！

他舉起鋒利的小刀，直接朝我的臉砍來，我驚恐地喊：「我到底做了什麼——」

這瞬間，我想起了媽媽的臉。

想起了巫小佟的臉。

想起了古牧然的臉。

他們的表情，都不是在笑。

媽媽縮在散落著一地碎片的客廳角落，悲傷地流淚，喊著她做錯了什麼，爲什麼她的婚姻落得如此田地。

巫小佟坐在雲朵公園的長椅上，顫抖著抽泣，我卻問她，如果時間能重來一次，她是否會做出同樣的決定。

古牧然神情痛苦地要求我做選擇，要我告訴他，是選擇巫小佟，還是他。

我已經傷害過巫小佟了，我的提問在那時候狠狠刺傷了她，所以我良心不安，我不能爲了古牧然，再次選擇不支持我的朋友。

我做了什麼？

我做了無數錯事。

「對不起……」這句道歉脫口而出，但我不曉得自己是在爲誰道歉。下一秒，我感受到溫熱的懷抱，我整個人被拉進了某個安全的臂彎。

「唔！」低低的悶哼在耳邊響起，我睜開眼睛，驚訝地發現抱住我的人是練育澄，他用他的肉身保護了我。

利刃劃在他的手臂上，血珠噴濺開來，康榆又往練育澄的背劃下。

「啊——」我尖叫，康榆並未因爲練育澄的阻擋而停手，他的雙眼猩紅，明顯更加憤怒了。

「羊子青！妳這個賤女人——」他高舉起刀，練育澄反應極快地抬腳一掃，將康榆飛踢出去，撞到一旁的牆壁。

周遭群眾連忙將康榆掉落的兩把刀子踢到旁邊，幾個男人也上前壓制他，此時調查車禍案件的警方抵達，他們正好循線追查到康榆的肇事車輛。

聽到騷動的姬品珈臉色蒼白從急診室裡走出來，一瞧見地板上的血跡，她倒抽一口氣，再看到我與康榆，她簡直嚇壞了。

「天啊！子青！子青妳……妳沒事吧！」她跑到我身邊，練育澄依舊抱著我，他的嘴唇微微發白，神情痛苦地緊緊皺眉，額上不停冒出冷汗。

我的衣服上全是練育澄的血，我嚇得想查看他的傷勢，卻不知該從何下手，只能哭著呼喊：「快救救他，快、快救救他——」

第六章

這件事不意外地占據了新聞版面，不過我們幾個人的長相與姓名都沒有曝光。在這個連臉書都能輕易被搜索到的時代，我們的資料能妥善隱藏，都要歸功於練叔叔。

當時，面對後續的一切，我彷彿像是用快轉的方式在看一場無聲電影，我的腦中一片混沌，在練育澄被抬上病床推進急診室時，我抖得幾乎把舌頭咬出血來。

姬品珈比我冷靜多了，她幫我打了電話通知媽媽和練叔叔，而後便說擔心蕭大方，先過去陪伴他。院方把我安置在病房裡，阻隔媒體的騷擾，待他們兩人神色匆匆地抵達時，我連解釋都解釋不清楚，只能不斷道歉。

這時我才知道，練叔叔的公司屬於娛樂產業，他有一些人脈與管道可以壓下消息，藉此保護我們。

康榆被以現行犯逮捕，此刻還在警局。蕭大方意識清楚，所以他曉得外頭發生了什麼事，只是他右腿腿骨斷裂了，無法自由行動，復原得花上很長一段時間。

後來，我也去了警局做筆錄，甚至交出手機讓警方檢視訊息，以對康榆指控我玩弄他的感情導致他做出錯事這番說詞，提出嚴正的抗議。

假如每個犯錯的人都和他一樣，把自己的出格行徑怪到別人頭上，而不反省自己過於偏激的作爲，那大家都不要與人交流好了，統統縮在自己的殼裡，才不會莫名其妙被當成罪魁禍首。

康榆的父母不斷向我道歉，也對蕭大方和練育澄道歉，還保證他們之後會好好教導康榆，並讓他遠離我們。然而傷害已經造成，陰影也已經留下。

可是看著他瘦弱的父母顫抖著身軀，卑微地彎腰道歉，我們只能原諒。其實孩子都這麼大了，父母也無力干涉，他們沒有理由爲康榆負責。

就如同我高中時促成了父母的離婚一樣，他們又怎麼能料想到，自己的小孩會做出這樣的事情？

最後，我們都選擇了私下和解，只是彼此的情誼全完了。從此，我們沒人再見過康榆，他去了哪、做了什麼、多年後會不會爲此後悔，我們都不得而知了。

✦

我站在白色的病房門前，深呼吸了好幾次，然後抬手敲了兩下門板，裡頭的人說了聲「請進」。

我轉開門鎖，練育澄正坐在病床上看書，見到是我，他露出微笑，我也揚起笑容，將帶來的魚湯和水果放到床邊的桌子上。

「這是我媽煮的鱸魚湯，他們今晚要參加一個重要的聚會，沒辦法過來。」我打開盛裝魚湯的保溫罐，舀了些到碗裡後遞給他。

「謝了。」練育澄接過碗，側坐在床邊喝起湯，我則拉了椅子過來坐下。

看著他因手掌上的傷口而無法好好拿湯匙，以及由於背上的傷而無法仰躺，我又把碗拿回來，「我餵你吧。」

「不……」他想拒絕，但我堅持。

於是，我們兩個靜靜待在這單人病房，我每一次將湯送入他口中前，都會先吹一吹，而他也乖乖地張口喝下。

「謝謝你。」在這麼多天以後，我終於說出這句話。

他輕輕抬眉，有些尷尬地咳了一聲，我抽了幾張衛生紙給他，練育澄擦擦嘴巴，不好意思地說：「不需要道謝。」

「你爲了我受這麼重的傷，我眞的不知道該怎麼和叔叔道歉，還有你……」說到這裡，我的眼淚不禁掉了下來。

「眞的沒關係。」他抓了抓後腦，「我才應該跟妳道歉。」

「爲什麼？」我抬頭。

「因爲我誤會妳了，還對妳說了很多難聽的話，我不該藉由幾次觀察，就擅自認定妳是怎樣的人……我對此感到非常羞愧。」

面對他誠懇的道歉，我微微一笑，「可是你救了我。」

「那是我應該做的。」他看著碗中的湯，「而且妳還照顧我。」

「這也是我應該做的。」我又舀了一匙，湊到他嘴邊，「哥哥。」

他差點嗆著，「不要叫我哥哥，我們差沒幾歲。」

他這麼一說，我頓時也覺得有些不自在。我們兩個本來都是獨生子女，忽然多了手足，相處上難免彆扭。

「比起兄妹，我們更可以當互相支持的朋友。」練育澄拿過碗，放到桌上，接著伸出沒有受傷的那隻手，「我們重新好好認識彼此吧？」

我用力點頭，也伸出自己的手與他相握。

「話說，你不是南大的學生？這是怎麼回事？」既然我們總算解開誤會，並決定要和平相處了，於是我找了個話題。

「那眞的是巧合，我有個南大的朋友，他和我提到他們系要和洛大香妝系聯誼，我確認名單裡有妳後，便要他把我安插進去。」練育澄聳肩，卻因此扯到背上的傷口，皺了下眉頭。

「所以你是華大的……」

「大傳系。」

練叔叔所開設的公司是配音公司，規模雖然不大，但是配音品質有目共睹，在業界風評極佳，營運狀況很好。

練育澄從小耳濡目染，也對這塊領域十分感興趣，選讀了大傳系後，便專注於修習配音與廣播方面的課程。他似乎時常為自家公司的作品「獻聲」，練就了轉換自如的聲線，甚至即興秀了一段八人對話給我看，讓我嘖嘖稱奇。

世界還眞小，巫小佟和謝茬恩也讀華大，他們會這麼湊巧認識嗎？我原本想問，又默默把這個問題吞回肚裡。

經過將近一個禮拜的相處，我與練育澄變得熟悉不少，期間姬品珈也來過幾次，不過大部分的時候，她都待在蕭大方那裡。

我也幾乎每天都會去探望蕭大方，有次他還很有精神地指著他腿上的石膏，要我在上頭簽名。

他大概做夢也想不到，自己的好朋友會開車撞他，若是運氣不好，他可就小命不保了。

「我不想追究，可是我父母堅持提告。」蕭大方無奈地笑了笑。

「我就說了，我們早該報警的。」姬品珈瘦了些，不知道是因爲老是在生氣，還是因爲擔心。

「在他眞正犯罪以前，報警是沒用的。」蕭大方深吸一口氣，「我並沒有後悔，羊子青，我明白妳很內疚，但不必的。」

「蕭大方……」我咬著下唇，這談何容易。

「如果我沒出手幫忙，害妳被他怎麼了，那我才會後悔一輩子。」他又指了右腿上的石膏，「以後我還能跟未來的女朋友說，我曾經爲了保護一個人而斷腿打石膏，聽起來就超帥的。」

聞言，我和姬品珈都笑了。

「你未來的女朋友聽到會吃醋的喔，到時候子青可就莫名多了一個敵人。」姬品珈伸手調整了下，讓電動病床的上半部升高，「對了，妳那個沒血緣關係的哥哥恢復得如何？」

「這樣說感覺眞奇怪。」我聳肩。

「他幫妳擋刀耶，根本電視劇情節。」蕭大方讚歎，用雙手食指指著我，「妳以後也可以跟未來的男朋友說，妳曾經讓兩個男人在同一天爲妳受傷，有夠猛的。」

「老天，你哪壺不開提哪壺啦！」姬品珈推了一下蕭大方的腿，讓他吃痛地喊了聲。

「我是說眞的，羊子青，這實在很猛。」蕭大方不死心地強調。

「我眞不知道該怎麼謝謝你們。」我坐到床邊，「蕭大方，不管我說對不起還是謝謝都沒有意義，我只能發誓，以後若是你需要我的幫助，我一定義不容辭。」

我的語氣十分認眞，因此蕭大方也收起嘻嘻哈哈的態度，「我要是再拒絕，就太不識抬舉了，沒問題，未來我若有事相求，肯定不會跟妳客氣。」

「我們這是要結拜了嗎？」姬品珈說著，從包包裡拿出三個護身符，「我去廟裡求的，我們一人一個吧。」

「哇塞，從年輕漂亮的女生那邊收到媽祖的護身符，這種心情怎麼形容呢？只有我阿嬤給過我護身符啊！」蕭大方嘴上雖然這麼說，收下時倒是顯得很開心，立刻把護身符戴上脖子。

姬品珈也戴上了，而我注視著紅色的護身符，又看了看自己右手腕的幸運繩。雖然是性質差不多的東西，在我心中的意義卻差了十萬八千里。

我含著淚水戴好護身符，忽然覺得幸運繩變得無比沉重。我握住姬品珈的手，「還好妳沒事，還好康榆沒有對付妳。」

「子青，妳眞的不必擔心我。」姬品珈回握住我的手，堅定且毫不遲疑。
「誰說女人之間的友情脆弱了？我們男人的友情才脆弱啊……」蕭大方在旁邊唉聲嘆氣。
「可能我們比較特別吧。」姬品珈笑著搭上我的肩膀，「你好好休息，我們明天再來看你。」
「謝謝啦。」蕭大方揮揮手，我和姬品珈一起離開病房。
「妳要回去妳哥……叫他妳哥好怪，他叫什麼名字？」
「練育澄。」
「嗯，妳要回他的病房對吧？」
「是呀，今晚輪到我照顧。」
聽我這麼說，姬品珈停下腳步，瞪大眼睛看我，「妳要住在病房照顧他？」
我點點頭。有什麼奇怪的？
「孤男寡女耶！」她的眼裡綻放出詭異的光芒。
「他是我哥哥。」我覺得好笑。
「你們又沒血緣關係！」姬品珈壓低聲音，「漫畫或電視劇裡不是常常這樣演嗎？父母再婚後，各自帶的拖油瓶愛上對方……」

「少來了！他一開始很討厭我。」我搖頭，陪著姬品珈來到一樓，前往機車停車場。

「那是因為他誤會妳了，而且妳不是說誤會已經解開了？你們現在相處得不錯吧。」姬品珈戴上安全帽，對我眨眨眼，「雖然我和他只有一面之緣，不過他幫妳擋刀的舉動挺帥氣的，長相也很優秀，小心禁斷之戀哪。」

「少來了，他是我哥耶！」

「妳沒有別句可以說了？」姬品珈翻了個白眼，「你們是兄妹沒錯，但對彼此而言依然是異性，什麼事情都有可能發生的喔。」

「無聊！」我朝她揮手，「謝謝妳的護身符，到家跟我說一聲。」

「嗯，如果妳和哥哥戀愛了，也記得跟我說一聲。」姬品珈臨走前仍舊狗嘴裡吐不出象牙。

目送她離去，我穿過兩棟大樓，返回練育澄的病房。

其實他的傷不算太嚴重，沒有傷及骨頭或神經，只是由於傷口的關係，使他無法好好洗澡以及仰躺，再加上他是為了我才受傷的，所以我認為照顧他是我的責任。

練叔叔倒是豁達，他說男人就該有幾條傷疤，才顯得夠有男子氣概，甚至還開玩笑地表示：「幸好是在醫院受傷，送醫也快。」

我和媽媽都很感謝他用如此幽默的方式，來化解我心中的愧疚。

因爲這件意外，我和媽媽加快了搬入練家的腳步，這樣等練育澄出院後，我們便能就近照顧。

我敲了兩下病房門，然後直接打開，卻聽到練育澄說「等一下」，不過我已經進門了。

練育澄本來正在脫上衣，見我進去，他又趕緊穿上，結果動作過大扯到傷口，低嘶了一聲。

「你要擦澡？」我轉身關好門，不讓他看到我有些慌張的模樣。

「我爸呢？」

雖然大部分的時間都是我來照顧，但是在練育澄剛受傷的前幾天，練叔叔會在傍晚時過來幫他簡單地擦澡，以免傷口接觸到水。

後來，練育澄能稍微自由活動後，便由他自己打理。

「叔叔帶我媽去挑一些新家具了。」其實我和媽媽都認爲不需要添購新的，然而練叔叔很堅持。

我走近床邊，練育澄慌忙地想將病服上衣的繩子繫好，於是我伸手幫他。

「我自己來就可以了。」他略顯尷尬。

「讓我幫你吧，我們是家人。」我將他的病服拉好，「我也能替你擦澡的。」

「別傻了，我們沒有血緣關係。」他低下頭，盯著我的手指。

「就算如此，我們依然是家人。」我猶豫了下，將他的衣服往後脫去。

「欸！」他嚇了一跳，想把衣服拉回來，我連忙制止他。

「你動作不要那麼大，傷口會痛的。」我拿起一旁的水盆和毛巾，走進浴室裝了熱水，出來時發現練育澄又企圖穿回上衣。

「就讓我幫你吧。」我堅決地說，將毛巾浸入熱水，再使力擰乾。

他注視著我的雙眼，「這眞的很怪。」

是有點怪。

可是，我覺得自己該這麼做，「不會的，我們是兄妹，即使沒有血緣關係。」

我再次脫下他的上衣，用溫熱的毛巾在他身上仔細擦拭。

練育澄的肌肉結實，手臂和頸後的皮膚呈現出些微色差，背上的傷口看似大得怵目驚心，但事實上癒合得很好。

毛巾輕柔地拂過他每吋肌膚，彷彿可以感受到他的呼吸吐在我耳邊。我垂著頭，順著肌肉線條擦拭，最後轉到他的正前方，當毛巾壓在他的胸膛上時，我的臉頰一陣熱，練育澄隨即接過我手中的毛巾。

「這邊我自己來就可以了。」他的聲音略顯沙啞。

「嗯……喔。」他說的沒錯，這實在是太尷尬了。

我在旁邊絞著手指，等練育澄自己擦完剩下的部分後，便將毛巾和水盆拿回浴室。

照著鏡子，我發現自己果然臉紅了，於是趕緊甩甩頭，想甩掉這不夠專業的模樣，我必須淡定才對。擦乾手，我走出浴室，「你還有需要什麼嗎？」

「沒有。」他頓了頓，「明天就出院了對吧？」

「對，叔叔早上會過來辦出院手續。」我將給照顧者用的陪護椅調整成床的形式。

「妳今天要在這邊睡？」練育澄訝異地問。

「對，都最後一天了，我在這比較方便，而且明天早上也還能再去探望一下蕭大方。」

他似乎相當猶豫，「雖然我們的確成爲家人了，但這個樣子眞的有點奇怪。」

「還是說，其實你不想和我們成爲家人？」

「當然不是。」練育澄要從床上起身，我趕緊去扶他，他卻輕輕推開我表示抗拒，爲此我有些受傷。

「我老實說啦！」他抬頭看我，我注意到他的雙頰微紅，「我很歡迎妳們，對於我爸再婚，我也眞的非常高興，只是我沒想到阿姨有個年紀跟我差不多的女兒。再怎麼說，我們都是成年人了，又不是從小一起長大，很難以兄妹相待。對我而言，妳就是一個女生，太過親密的舉動會讓我覺得很怪。」

「這……」我不自覺地笑了，「所以你是在害羞？」

「害羞個頭！」他激動地反駁，我笑得更加開心了。

「沒錯，你在害羞。」我轉轉眼珠子，在他面前來回走著，上下打量。明明一開始還對我擺架子，如今卻在害羞？

「反正，妳不要一直說我們是家人，然後就沒有分寸地亂碰。」他起身。

「你要去哪？」

「去見朋友，有朋友來醫院找我。」他拿起一旁的手機。

「你出去做什麼？讓他進來就好了啊。」我繞到他前方想阻止。

練育澄盯著我，「要是他們進來看見妳在這，會怎麼想？」

「你沒跟他們說，你爸再婚了嗎？」

「說了，可是他們不知道多了個妹妹。」練育澄瞇眼，「對於妳有個年紀差不多的新哥哥，妳那個好朋友難道就沒說什麼亂七八糟的話嗎？」

我想起姬品珈的調侃，不由得別開眼。

「所以，妳眞的不必那麼刻意地要照顧我。」對於我的反應，練育澄心領神會，「我們的關係比一般朋友親近，但也不用硬是要當兄妹，兄妹情誼是不會一夕之間產生的。」

「嗯……」

我不禁感到失落，不過也明白他的意思。

練育澄稍稍靠向我，「我會永遠無條件站在妳這邊，因爲我們是家人。」

這句話打動了我，我跟著回應：「我也是。」

「那妳就別再那麼內疚了，我也不要再內疚自己之前對妳說了過分的話，這樣好嗎？」他指了指我的包包，「我可以一個人在醫院過夜，妳也趕緊回家吧。」

我點點頭，拿了包包後，跟他一同坐電梯下樓。練育澄說他的朋友在中庭等他，而計程車的招呼站也在那，於是我們繼續一起走過去。

說實話，我鬆了一口氣，不把彼此當兄妹的話，這樣或許能相處得更自在，看作是有法律關係的朋友也不錯。

「到家後跟我說一聲。」上計程車前，練育澄叮嚀我，並將他家住址告訴了司機。

「我沒有你的聯絡方式。」都過了這麼多天，我才發覺這件事。

「啊，對。」他拿出手機，與我交換了電話以及LINE的ID，他的頭像很快出現在我的好友列表。

「你不要在外面逗留太久，早點回病房。」換我開口叮囑，他笑了一聲。我猶豫著要叫他哥哥，還是練育澄，最後只說了「拜拜」。

「嗯，拜拜。」他幫我關上車門，我對他揮手。在車子駛離前，我看見一個長髮女孩從另一邊跑過來，他們好像靠得很近，我來不及看清楚。

✦

「歡迎回家！」

隔天練育澄出院，我和練叔叔去醫院接他回家。一到家，媽媽馬上過來迎接，手上捧著一碗豬腳麵線，我瞥見屋內甚至做了布置。練叔叔在旁邊偷笑，練育澄則是瞪大眼睛，似乎有點尷尬，又有點感動。

「媽，妳也太誇張了。」我忍不住說，提著練育澄的背包就要進門，「豬腳麵線不是慶祝出獄才吃的嗎？」

「亂講，什麼時候都能吃！」媽媽瞪了我一眼，碎念著練育澄是因爲我才受傷的，我的態度還這麼冷淡。

我很想反駁，我哪裡冷淡了，明明照顧了他好幾天，反而是這位仁兄，昨晚講了一串冠冕堂皇的漂亮話趕走我這個妹妹，居然只爲了要跟女孩子約會。

不過，這些話我打死也不會說出來。

「阿姨，謝謝妳。」練育澄接過豬腳麵線，就站在門口吃起來，「也謝謝妳之前煮的鱸魚湯、豬肝湯跟雞湯等等，妳的手藝眞的很棒！」

想不到練育澄挺狗腿的，吃到最後乾脆雙手捧著碗，把麵線的湯汁喝得一滴不剩。我掃了一眼他的表情，卻發現低頭喝湯的他眼眶微微溼潤，嘴角也掛著滿足的笑意。

我頓時想到，他的父母是什麼時候離婚的？又是爲了什麼離婚？對練育澄來說，「媽媽」這個角色，是不是一個陌生的存在呢？

✦

「哈囉，各位晚安，歡迎收聽點點滴滴！」

廣播節目裡，一個甜美的聲音宣告，我詫異地一怔。

「嘿，不要亂說，聽眾會以爲是不是搞錯時間了。」男主持人笑著說，「大家好，我們是點點滴滴沒錯，雖然現在並不是點點滴滴的節目時間。」

我看了下時間，晚上十點，點點滴滴的節目是在下午。

「是呀，我們是來代班的，但既然是我們兩個，節目名稱當然就是點點滴滴啦。聽眾會不會覺得很煩呀？一天要聽我們的節目兩次。」女主持人是點點，她總是充滿活力。

「代班的壓力眞大，不如我們先聽一首歌吧？」男主持人就是滴滴了。這個長青節目至少已經播出五年之久，我始終是忠實聽眾。

電腦喇叭傳出帶點沙啞的輕柔女聲，我聽了這首英文歌曲一會，然後起身想出去裝水。

打開房門，外頭一片寧靜，我好懷念這樣的感覺。開門後既不會看到碎玻璃，也不會聽見媽媽的哭泣聲，和爸爸怒吼著摔門的巨響。當然，更不會有一個苦等徹夜不歸的丈夫的悲慘女人縮在角落。

忽然轉換至陌生的環境，我還需要一點時間習慣。

我和媽媽原本住的房子大概是三十坪，而練家卻有兩層樓，一樓大部分的空間是客廳，以及廚房。有中島的廚房是媽媽的夢想，練叔叔也說中島終於找到主人了，讓練育澄在一旁無奈地笑。

一樓的邊側還有一間寬敞的書房，那裡是練叔叔的工作室，平常不會有人進入。某次我經過時，發現門虛掩著，我透過門縫覷見書房裡有張單人床，於是不禁猜想，以前練育澄的父母是否也分房睡？

二樓是我們全家人的寢室，上樓後左邊是主臥房，右邊則是我和練育澄的房間。前幾天練育澄的房門沒關，我這才曉得他的房間約莫是我的兩倍大，除了寢室外，還附帶小客廳。

他的房裡應有盡有，有如商務旅館的客房，只差沒浴室。我們兩人共用一間浴室，就在走廊底端。

我走過練育澄的房門，房裡隱約流瀉出音樂，似乎和點點滴滴正在播放的歌曲一樣，門縫下微微透出的燈光，讓我明白他還沒睡。我下樓裝了杯溫水，準備走上樓時，卻聽到練育澄開了房門，我反射性縮回樓梯邊。

他要出門嗎？在這個時間？

「我在家。」他的聲音響起，「已經好多了，明天會去上課。」

是在講電話嗎？

「就那樣呀，你們不也都知道，就是替別人挨了一刀。」他關上房門，走向樓梯，我急忙輕手輕腳躲到樓梯下方。

他穿了外套，拿起鞋櫃上的車鑰匙，「不是，只是路人而已，我不認識對方，但助人為快樂之本呀。」

說完，他打開大門出去。

我望著車庫裡的車子發動，然後駛離。

練育澄為什麼說謊？

我曉得他沒告訴其他人，他多了個妹妹。

可是如此被否定存在，使我好像再次記起當年班上分組時，被遺留下來的沮喪。

會不會，他潛意識裡並不想和我成為家人，怕被調侃只是一個藉口，所以才不向朋友承認？

第七章

「說不定他只是因爲不好意思，畢竟都二十幾歲了，忽然有個年紀差不多的妹妹，很容易被人家調侃吧。」姬品珈對練育澄的行爲不以爲意。

「是這樣嗎？可是感覺很差耶，我的朋友都知道我有個新哥哥，他卻對朋友隱瞞，好像我們見不得人一樣。」我吃著麵包，心情十分沮喪。

「他是不是眞心歡迎妳們，妳應該察覺得出來吧？」姬品珈吸著義大利麵，我想起練育澄帶著笑享用媽媽煮的每一頓飯，那開心的模樣並不是僞裝。

「別想太多了，就算是親兄妹，長大後也會有各自的生活，所以何必在意？」姬品珈換上賊兮兮的笑容，「除非呀，妳對這位哥哥在意得不得了。」

「總覺得妳話中有話。」我轉移話題，「蕭大方什麼時候可以出院？」

「好像快嘍，只是還需要休養一陣子，但也能來上課了。」姬品珈一有時間便會去看蕭大方，還會幫他送講義。

「妳跟蕭大方有譜嗎？」我好奇地問。

「沒譜！請相信男女之間有純友誼好嗎。」姬品珈翻翻白眼。

康榆事件過後三個月，我們升上大二，班上的同學們都得知了我們的遭遇，大家這才開始說「早就覺得他怪怪的」之類的馬後砲。

我和姬品珈都不去談，也不去聽，蕭大方亦然，這樣時間久了，他們自然不會再多問。而康榆最終被以殺人未遂的罪嫌起訴，目前身陷官司纏訟，雖然蕭大方並不想計較，但事關生命安全，他的父母不願輕易放過。

練叔叔在訴訟這方面幫了蕭家不少忙，畢竟蕭大方是爲了我才受傷，因此練叔叔允諾將盡力協助。我這個沒有血緣關係的女兒一開始就給他添了這麼大的麻煩，對此我非常不好意思。

另外，有個不知是眞是假的傳言，據說蕭大方的兄弟氣不過，找了一群人去教訓康榆，然而並沒有後續消息。姬品珈詢問過蕭大方，他當下只是聳聳肩，「江湖事情不該過問。」

「妳們兩個在這呀。」王亦嫻突然冒出來，拉了張椅子逕自坐下，拿出她的餐盒。

「怎麼了？」姬品珈看著她，又看向我，「別問康榆的事，我們不會說。」

「我是很想問啦，不過我知道妳們不會說，也沒打算問了。」王亦嫻把餐盒打開，裡面是水餃，「想吃可以吃。」

我搖搖頭，「所以妳是特地來找我們吃飯？」王亦嫻平常跟我們可不是同一群的。

「哈哈，妳記得大一時我們跟南大聯誼那次嗎？就是姬品珈放鴿子那次。」說完，她瞥了姬品珈一眼。

「我不是故意的，我腸胃炎啊！」姬品珈喊冤。

王亦嫻擺擺手，顯然不在乎她的理由，「當時不是有一個男生莫名其妙先跑了？妳記得嗎？」

就是練育澄，我當然記得。

姬品珈也曉得這件事，但她安靜地吃著義大利麵，沒有多話。

「總之，他的生日快到了，他們打算辦一個派對，當初有去聯誼的人都會參加，妳們呢？」

「生日？」這出乎意料的消息讓我一愣，怎樣也想不到會是這種邀約。

況且連我都沒聽說他要辦派對，王亦嫻怎麼會知情？

「妳怎麼得知的？難道妳認識對方？」姬品珈試探性地問。

「我那天和南大的朋友聊天，是他們提到的，結果那個男的其實是華大的學生。

總之，他們那群朋友要去他家辦派對，說人越多越好。」王亦嫻挑眉，「聽說是有錢人家的孩子喔。」

「去他家辦派對？什麼時候？」姬品珈斜眼瞄我，我不知道，我什麼也不知道。

「這個禮拜六。」說完，王亦嫻發了訊息，把地址和時間傳給我們，「記得帶禮物，就當作是另類的聯誼嘍，到時會有很多華大和南大的學生。」

王亦嫻走了之後，姬品珈饒富興味地問我：「剛才妳怎麼不說練育澄是妳的新哥哥呢？」

「這……」

「那妳還怪練育澄沒老實跟他的朋友坦白妳的存在。這下子該怎麼辦呢？這禮拜六。」

我咬著下唇，無法反駁。

回到家，我一直想找機會提起派對的事，打算在練叔叔和媽媽面前詢問詳情，但他們卻率先表示要出國度蜜月，後天就出發，整整十五天。

怎麼連這件事都沒和我提？

「之前吃飯時，我明明跟你們說過。」見我一臉驚愕，媽媽沒好氣地說，似乎在責怪我沒放在心上。

一旁的練育澄點點頭，更將他們的蜜月行程倒背如流。原來是這樣，所以他才會答應朋友們禮拜六來家裡開派對？

那他怎麼沒告訴我！

還是說，他是想趁這個機會，介紹我給大家認識？

我滿腹疑問，等到練叔叔和媽媽都就寢後，我才去找練育澄。就在我抬手要敲門板的瞬間，練育澄打開房門，如此巧合讓我們兩個都嚇了一跳。

「進來吧。」他往後退了些，我踏進房裡，環顧四周。左半邊是床鋪和衣櫃，右半邊則是沙發、遊戲機以及電視、書桌等。

「我剛好有話要跟妳說。」練育澄關起房門，猶豫了下，打開一條縫，可接著又關上。

我不曾在半夜進過男生的房間，雖然名義上他是我哥哥，我的內心依舊升起一股難以忽視的怪異感。

「你禮拜六要開派對？」我站在小客廳的中央，開門見山地問。

「妳怎麼會知道？」他一愣。

「王亦嫻告訴我的，就是上次聯誼時，我們這邊的主辦人。」我嘆氣，「你爲什麼沒跟我說？」

「等等，她又爲什麼會知道？」練育澄走到我前方的單人沙發坐下。

「似乎是南大的人邀請她。」我把王亦嫻告知時間和地點的那封訊息點開，並將手機給他看，「我也被邀請了。」

「哇靠，這麼巧？」練育澄張大嘴。

「你本來打算怎麼做？」我問。

「我本來想請妳那天和朋友出去晃晃，晚一點再回來。」他誠實地回答，我沒來由地火大。

所以，他壓根沒打算向朋友坦白我的事。爲什麼要這樣？

「不，我要參加。」我抬起下巴，「我會參加你的生日派對。」

「爲什麼？」他顯然沒料到我會是這種反應，「我沒跟別人說過我有了新妹妹。」

「不用說啊，我也不會讓我朋友戳破你的謊言，我不過就是洛大的羊子青而已。」說完，我站起身，準備走出房間，「放心，我不會露出馬腳，你就當我只是來參加派對的芸芸眾生裡的一個小女生。」

「這話聽起來怎麼像在挖苦我？我不說是有原因的，我覺得這很奇怪。」他跟著起身，擋住我的去路。

「我難道就不覺得奇怪嗎？但我還是有告訴我要好的朋友！」雖然只有姬品珈和

蕭大方兩人，不過我總歸是有說。

練育澄不再辯解，默默坐回了沙發，一副無奈的樣子。

他無奈什麼？我只是想被承認，很難嗎？

在離開他的房間前，我想起某個機率很低，卻依舊可能發生的巧合，決定確認一下以防萬一。

「你來參加派對的華大朋友裡，都是大傳系的嗎？」

「也有別系的。怎麼了？」

我深吸一口氣，吐出那兩個許久未說出口的名字，搭在門把上的指尖異常冰冷，「那你認識……巫小佟和謝茬恩嗎？」

「不認識。」他頓了頓，「是誰？」

「晚安。」我迅速打開門，走出他的房間。

我摀住嘴，回到自己的房內後開啟電腦，點進了巫小佟的臉書頁面。她已經許久未更新了，IG更是完全停擺。謝茬恩則偶爾會貼出一、兩張和巫小佟的合照，她們兩個的臉都變得如此陌生。

躊躇了半晌，我又點開古牧然的IG。他的帳號設爲不公開，必須要求追蹤才可以瀏覽，但在我們分道揚鑣的那個午後，我們也解除了對彼此的追蹤。

明明他仍存在於那個地方，只要我按下追蹤，只要我主動接觸他，只要我請張茗音幫我聯繫他，也許有很大的機會能得到回應，可是我從來沒這麼做過。

我關閉所有頁面，躺到床鋪上，努力逼自己入睡。

在一片黑暗中，我看不見任何人，或是任何畫面。

只有練育澄坐在小客廳裡，說著他是有原因，才不告訴其他人他有個妹妹。

✦

禮拜五一大早，練叔叔和媽媽便出發去搭飛機了，我和練育澄在家門口目送他們離開，然後我轉身走回房間。

「羊子青。」練育澄在後頭叫我，我不予理會。

反正我們就是室友罷了，既不是妹妹也不是家人，那就維持這樣的關係吧。

該有的禮貌還是要有，於是我和姬品珈約好下課後一起去買禮物。即使我們不熟，畢竟住在一起，我還是曉得練育澄不缺什麼，以及需要什麼。

那天在他的房間，我瞥見小客廳的桌子上有張藝人的見面會傳單，後來我特地上網查詢，是一個剛出道不久的女藝人，叫做樓有葳。

今天正好是她第一張單曲的發售日，我想過他有可能會立刻去買，不過出門前，我聽見他在和朋友講電話，提到晚上要和他們吃飯。

這樣一來，他應該沒時間早早入手單曲，因此我依舊決定買下來當禮物。結帳完畢，我坐在書店門口等姬品珈，同時把握時間開啟廣播頻道，收聽點點滴滴的節目。

「……接下來請聽聽這首最新單曲，樓有葳的〈何故〉。」

居然連廣播也在放她的歌。

樓有葳的長相十分美麗，天生就是當藝人的料，而那富有爆發力的歌聲也非常好聽。

「久等了！」姬品珈抱著一個大娃娃走過來，她也擁有明星般的外表，完全不輸樓有葳。

「妳買了娃娃給他？」我將耳機摘掉，訝異地打量著那只有少女才會喜歡的巨大娃娃。

「對呀，妳不是說他不承認妳這個妹妹？所以我故意買娃娃給他，在大家面前送，嘿嘿。」

「說不定他會很喜歡。」這娃娃應該挺貴的，姬品珈真是大手筆。

「那我就搶回來。」姬品珈看了眼我手中的袋子，「妳買了什麼？」

「他會喜歡的東西。」

「妳人眞好呀。」姬品珈豎起大拇指。

還有一點時間，我們本來想到處晃晃，然而姬品珈抱著大娃娃，寸步難行，最後只得早點解散。明明是想讓練育澄難堪才買的娃娃，沒想到先苦了她自己。

在捷運站道別後，我往家裡的方向走。原以爲練育澄去和朋友吃飯，大概要十點多才會回家，但我卻在離家不遠的一間餐廳門口瞧見他。

他和一個長髮女生站在那裡說說笑笑，練育澄靠在機車邊，而女孩一手扶在自己的腰際，另一手搭在他肩上。

女孩說了些什麼，練育澄笑得很開心，手放上女孩的背。

如此親密的舉動令我嚇了一跳，下意識地往後退，決定繞遠路走另一條巷子回家。

原來他有女朋友，那多半是爲了不讓女友擔心，才不想坦白家裡有個沒血緣關係的妹妹吧。

不曉得爲什麼，這一點令我挺寂寞的。

「妳還醒著嗎？」

其實我睡著了，而且還是沒洗澡就趴在床上睡著，不過練育澄的敲門聲吵醒了我。我翻個身，看了下時間，十一點多。

「怎麼了？」我悶聲問。

「我想跟妳確認明天的事。」

沒來由地，我又一肚子火，「不需要確認，反正我不會說的！」

「不是妳會不會說的問題，而是有些東西我們得先整理……妳既然醒著，就開門好嗎？」練育澄說，我氣呼呼地從床上下來，打開房門。

他看起來剛回家，頭髮微微凌亂。他掃了眼我的房內，「明天妳的房門鎖起來，這樣他們就不會不小心闖入。」

「嗯。」

「還有，妳等等洗完澡，記得把妳的牙刷、洗面乳那些，總之只要是女生用的東西都收起來。」

「嗯。」

「廚房裡的杯子也記得收起來。」

「嗯，我會把我和我媽的東西都收好，藏得很隱密，讓大家看不到。」我故意這麼說。

「不，阿姨的不用藏，妳的收起來就好。」

他的話令我不解，「爲什麼？」

他不就是不想被人知道他爸爸再婚嗎？

練育澄有些爲難地歪頭，「妳忘了嗎？我跟他們提過我爸再婚呀，他們只是不曉得我多了個妹妹。」

……對，我居然忘記這點了。

所以，原來只有我才是令他感到丟臉的存在？

「妳得和妳的朋友一起來，最後也要和她一起走。等大家都離開了，我會傳訊息給妳，妳再回來。」他摸著下巴，彷彿在思考還必須注意些什麼，接著彈指，「還有鞋子跟掛在陽臺晾的衣服，把妳的所有東西都收起來就對了。」

「但我媽的不用收？」我再次確認。

「對，收妳的就好。」他咧嘴一笑，我氣得用雙手狠狠推他，他往後踉蹌了下，不解地看我，「怎麼了？」

「對不起我就是個丟臉的妹妹，讓你不願意向其他人承認！」我委屈無比，幾乎要掉下眼淚，「對不起我這個丟臉的妹妹害你受傷，害你的背上留下疤痕，還害你要對朋友隱瞞！」

「等、等一下，我不是那個意思……」他慌張地想解釋。

「不需要！我這個丟臉的妹妹之後會找機會搬出去，不會再讓你丟臉！」說完，我用力關上房門。

「羊子青，我眞的不是那個意思……」他敲著門，我不理他，逕自把音樂開到最大聲，卻仍蓋不過他的聲音。

「這麼嚴重？」

隔天，我和姫品珈約在捷運站會合。聽完我敘述昨晚的情況，她不可置信地張著嘴，看到她手裡抱著的愚蠢娃娃，我忽然覺得自己不該買這麼好的禮物，早知道就故意送洋裝糗練育澄一番。

「我也不知道爲什麼，就是很生氣，也許理智上明白他的苦衷，可還是無法心平氣和地接受。」我捏著自己的裙襬。

「這……眞奇怪呀。」姫品珈喃喃說。她今天穿了件率性的牛仔外套，紮起的馬尾使她側臉的線條更加好看，「那妳有把東西收好嗎？」

「沒有。」

對，我是故意的。昨晚洗完澡後，我什麼東西都沒收，今天還一早就出門了，並且將我的房門鎖上。

「這樣好嗎？」姬品珈這麼問，卻面帶笑意。

我聳肩，反正如果練育澄真想隱瞞，他自己會去收拾東西。只是我房間都鎖了，那些收好的東西他能放哪？

「他大概只能把東西往他房間收了。」練叔叔的書房不能進去，而主臥房現在是他爸和我媽的地盤，他也不好擅入。

「我要笑死了，他以爲妳姓羊，就眞的像小羊一樣溫馴嗎？」

「隨便他。」我冷冷地說，「除了認爲有我這個妹妹丟臉以外，我猜還有另一個原因。」

「什麼原因？」

我想起那個長髮女孩，雖然沒看到她的臉，不過那身形與我在醫院望見的那位是同一人。

「他大概怕女朋友誤會吧。」

「練育澄有女朋友喔？眞可惜。」姬品珈一臉失望。

「幹麼？妳不會是對他有意思吧？這樣蕭大方怎麼辦？」

聞言，姬品珈用力捏了我的大腿，「就說我跟蕭大方沒怎樣了，妳是有事嗎！」

「那可惜什麼呀？」

「我原本還期待妳跟哥哥譜出禁忌戀曲耶。」

這下子換我翻白眼，「少亂說。時間差不多了，我們過去吧，王亦嫻她們已經到了。」

「好！這好像什麼間諜遊戲一樣，我好興奮！」姬品珈嘿嘿笑著。

於是，我和姬品珈往我家走去。說來也好笑，我今早才從那個家出來，現在卻得裝成不相干的人。

深灰色的兩層樓建築映入眼簾，搭配寬廣的庭院以及落地窗，姬品珈忍不住瞪大眼睛，「這也太漂亮了。」

從落地窗可以看見屋裡已經有許多人，重低音喇叭隱約傳出砰砰聲響，我差點習慣性拿出鑰匙，好在姬品珈快一步按了門鈴。

來應門的是練育澄，隨著他開門，震耳欲聾的音樂衝了出來，他見到我先是一僵，然後小心翼翼掃視我的周圍。

「她是我要好的朋友，不用擔心。」我沒好氣地說，「東西收在哪？」

「我房間。」他低聲回應，眼神略帶歉意，但未再多說。他看向姬品珈抱著的大娃娃，不確定地問：「那個是什麼？」

「禮物。」姬品珈揚起微笑，十分欠揍。

「饒了我吧。」練育澄嘆氣，轉身進了屋內，而姬品珈在我耳邊激動地說：「我第一次這麼近地看妳哥，欸，眞的超帥的呀！這樣的禁斷之戀我可以！」

我用手肘撞了她一下，要她閉嘴。

客廳裡約莫有十多人，其中包括王亦嫻等當時有參加聯誼的人，也有生面孔，想必就是練育澄的朋友們。

那個長髮女孩並不在場，我以爲她也會來。

「來！飲料在這邊，大家儘管拿。」

才剛這麼想，廚房的方向便傳來招呼聲，我望過去，發現中島上放了許多食物和飲料，而長髮女孩正在把飲料倒入一個個玻璃杯。

「關筱葦，妳好像女主人喔。」有個男生開口調侃。

「神經病啊！」長髮女孩笑罵。

原來她叫做關筱葦？模樣是挺可愛的，可是和練育澄喜歡的樓有葳完全不是同個類型。

「今天來了好多不認識的人，大家自我介紹一下吧！」關筱葦不知在哪找到了托盤，將一杯杯飲料放上去，然後分送給眾人，經過我和姬品珈面前時，她還嚷嚷著女士優先，要我們快拿飲料。

不得不說，看著另一個女生取代媽媽或我的位置站在那張羅，這種感覺……實在滿討厭的。

「喧賓奪主。」姬品珈喝著果汁，在我後頭小聲地說。

「哪有這麼誇張。」我否認，心裡卻是同樣的想法。

大家各自拿著果汁或啤酒，在客廳圍成一圈，練育澄與關筱葦則待在中央，王亦嫻適時把音樂的音量調整得小聲些。

「首先，今天謝謝大家來參加這位……練育澄王子的生日派對！」關筱葦說著，勾住練育澄的脖子，「在場有一半的人都不是第一次來這裡了，請各位隨意。然後我先自我介紹，我叫關筱葦，是這傢伙的國小同學，因爲孽緣所以一直有在聯絡。我是南大的學生，現場有一些我在南大的朋友，以及練育澄在華大的同學。」她的目光落到我們這幾個人身上，又望向之前我們和南大聯誼時，南大那位瘦小的主辦人，「艾西，你要負責介紹洛大的朋友。」

「是的！」瘦小的艾西做出敬禮的動作，「這邊有幾位洛大的美女，就是上次參加過聯誼的朋友。當時育澄不知爲何先離開了，明明是你說想被安插進來的，是不是該給個解釋呢？」

「這……」練育澄遲疑了下，轉移話題，「就臨時有事情，再加上少了一個人，我不想讓場面尷尬呀。」

「抱歉，少的是我。」姬品珈主動舉手承認，幾個男生明顯露出扼腕的表情。

「那天他可是千求萬求，說一定要讓他去耶！」關筱葦握拳，在練育澄的頭上鑽了一陣，勾住他脖子的手也沒放開，「好像是有感興趣的對象在喔！」

「眞假？哪一個啊，當天有來聯誼的現在幾乎都在這啊！」艾西驚訝地喊。

「咳，別說那種無聊的事了，你們隨意。」練育澄掙脫關筱葦的箝制，偷瞥了我一眼。

是啊，他是特地來看我的，看看我這個妹妹多令他丟臉。不過關筱葦自然不清楚這點，那她對練育澄的動機怎麼似乎毫不介意？

派對正式開始，大家在屋內四處走動聊天，或站或坐，練育澄還拿出他的遊戲機，幾個男生立刻興奮地對戰起來。

身爲壽星與這個家的主人，練育澄稱職地和每個人閒聊，甚至連姬品珈去中島倒飲料時，他都抓到機會跟她寒暄了兩句，唯獨刻意忽略我。對於這一點，我非常不滿。

我明白他是想避嫌，可是避成這樣反而很有問題好嗎！

大約經過兩個小時後，關筱葦要大家集合。

「謝謝練育澄今天準備了這樣的場地，還免費提供食物和飲料，請大家輪流感謝他，並送上禮物祝福這位壽星吧！」

大家一起鼓掌，王亦嫻率先拿出她的禮物，是知名連鎖咖啡廳販售的保溫杯。練育澄禮貌地說了謝謝，但我知道櫥櫃裡大概有二十個保溫杯。

接著是艾西，他送了一疊電影優待票。而姬品珈送上娃娃時，所有人哄堂大笑，練育澄嘆口氣，言不由衷地道謝。

「你不喜歡也沒辦法，如果你有妹妹的話，就可以送她了。」姬品珈故意這麼說，練育澄跟我都嚇了一大跳，她賊賊一笑，很滿意看到練育澄驚愕的表情。

「換我啦。」關筱葦神神祕祕地從口袋裡拿出一個盒子，「來，快拆開。」

「每年都是關筱葦送的最好。」艾西笑著說。

聞言，大家都十分好奇，練育澄拆開紅色包裝紙，裡頭裝的是藍芽耳機。

「哇塞！」眾人齊呼，「送3C用品啊！」

「阿奇不是說過，練育澄老是上課偷聽音樂，之前還被教授逮到對吧？」關筱葦點名站在我附近的一個男生，看樣子是練育澄的同班同學。

「是呀，這樣就可以偷聽也不會被發現了。」阿奇鼓掌，「還有誰？誰的禮物可以贏過關筱葦呢？」

「剩羊子青。」王亦嫻指著我，姬品珈輕推我的背。

我提著放了單曲的紙提袋，走向練育澄，他的表情明顯變得不自然。

「謝謝。」他接過我遞出的提袋，卻沒有要打開的意思。

「快打開呀！」關筱葦催促，他猶豫一下，才從袋裡把東西拿出來。

「是書嗎？」幾個人打量著印有書店名稱的紙袋包裝，低聲猜測。

我定定注視練育澄，期待著他的反應。他從紙袋中抽出單曲，不可思議地抬頭看我。

「樓有葳的單曲？」關筱葦神情疑惑，「你喜歡樓有葳？」

咦?她不曉得嗎？

「還不錯。」練育澄勾起嘴角，「謝了。」

「啊，他最近的確很注意樓有葳的動向，我也覺得她不錯呢。」阿奇唱起樓有葳的歌。

我知道、而關筱葦不知道練育澄喜歡樓有葳這件事，令我莫名心生優越感。

門鈴聲忽然響起，關筱葦眼睛一亮，「一定是阿群來了！」

說完，她興奮地跑去開門，練育澄藉機低聲問我：「妳怎麼知道？」

「我在你房間的桌上看見傳單。」我聳聳肩，「幹麼跟我講話？不是不想跟我說話？」

「我不是……算了。」他將單曲收回紙袋，這時關筱葦和一個戴著鴨舌帽的男生勾肩搭背地進來。

「育澄！生日快樂！」那個男生拿下帽子，他的手搭在關筱葦身上，我不禁訝異。

「阿群。」練育澄和對方擁抱，然後關筱葦和阿群牽起了手，我和姮品珈對視一眼。這是怎麼回事？

「我爲了買你的禮物才遲到，原諒我吧。」阿群將手中的提袋塞給練育澄，「快打開吧。」

「我有不好的預感。」練育澄皺眉。

「每年都是阿群的禮物最好玩！」艾西期待地說，「他和關筱葦這對情侶眞有趣。」

「情侶？」姮品珈複述。

「對啊，阿群是育澄的國中同學，是他替他們兩個牽線的，關筱葦和阿群從國中就交往到現在。」

我呆呆望著他們三人。所以我誤會什麼了嗎？

可是，我的確目睹練育澄和關筱葦有過於親密的舉動。

「靠！」打開禮物的練育澄大叫一聲，而阿群哈哈大笑。

「是什麼？快拿出來！」阿奇興奮地喊。

「不要！關筱葦，妳死定了！」練育澄惡狠狠地說，關筱葦似乎意會過來，不可思議地盯著阿群。

「天啊！你真的這麼做了？」她滿臉笑意，抓住阿群的肩膀。

「你們這對白痴情侶！」練育澄邊罵邊偷瞄我。

到底是怎麼回事？

「我看看是什麼。」艾西上前搶過提袋，拿出裡頭的東西。

女孩子們發出有點尷尬的笑聲，男生們則瘋狂爆笑，我湊上前，發現是一些色情漫畫和遊戲，而內容都是關於……妹妹？

「爆個壽星的料，據我可愛的女友所說，練育澄這個色狼小學的時候，曾經在作文裡寫著『我最想要有一個妹妹，有了妹妹的話，我會幫她洗澡，會好好照顧她，不讓任何人搶走她，一輩子和她在一起』！」阿群拿起那疊漫畫，拍拍練育澄的肩膀，語重心長，「醒醒吧，你沒有妹妹。」

「我……」練育澄滿臉通紅，瞥了我一眼，又趕緊轉開目光，「那都是小學的事了！關筱葦妳這個白目，講得我像是變態一樣！」

我傻愣在一旁，姬品珈笑到流眼淚，把手壓在我的肩膀上，「他不是覺得妳丟臉，而是怕他在朋友面前會丟臉！」

原來是這樣啊。

我綻開笑容，忽然想好好整整他。害我爲此難過了好幾天，結果他會那樣對我，不過是出於這種無聊的理由。

我緩緩走到練育澄身邊，他驚駭地瞪大眼睛，彷彿在問我想幹什麼。我用力咳了兩聲，「大家，我要自我介紹一下。」

「羊子青！妳做什麼！」他慌張地要推開我，但我勾住他的手。這個舉動讓所有人倒抽一口氣，關筱葦更是張著嘴，隨即看好戲似的開心大笑。

「我是練育澄的妹妹，沒有血緣關係的那種。」

屋內瞬間爆出震耳欲聾的驚呼，我得意地轉頭看練育澄。面對我時姿態總是高人一等的他，此刻臉龐徹底漲紅，手足無措得像是快哭了。

他不是不喜歡有個妹妹，而是太喜歡有個妹妹了，才會想隱瞞。

第八章

「哥哥，早安。」

聞言，練育澄的表情像便祕了三天似的，他咬緊牙關，終於忍不住伸手過來捏我的臉，「不要再故意這樣了！」

因爲剛睡醒的緣故，他的臉上還有壓痕，配上那困窘的樣子，我忍不住偷笑。

他一屁股坐到餐桌邊，稀里呼嚕地吃起早餐，我跟著落坐。

一轉眼，出國度蜜月的練叔叔和媽媽明天就要回家了，而這幾天我和練育澄相處得十分愉快，我們的地位完全顚倒過來，這傢伙終於完全露出眞面目了。

「只是因爲小學作文裡寫過想要一個妹妹，所以等長大後眞的有妹妹了，你反而怕被笑，就保持距離？」我吃著培根蛋吐司，再次拿這件事嘲笑他。

「欸，這可是我的陰影之一好嗎？」他沒好氣地說，「我單純只是想要個妹妹，想不到被全班同學笑了超級久，妳看我現在都大四了，關筱葦那個女人還沒忘記，甚至告訴別人！」練育澄翻白眼，「妳自己想想，那些內容被講出來，不是顯得我像個變態嗎？」

「不會，雖然我也覺得超好笑。」我歪頭瞧著他，「而且超可愛。」

他一愣，嘖了聲，「那天妳自己也看到大家的反應了，關筱葦恭喜我實現願望，笑到都泛淚了，阿群居然還說什麼要我忍住，不能對妳動手！我就是不想被他們調侃，所以才不講。」

「哈哈哈哈！」

「妳還笑，結果是妳自己說……」他喝了一大口奶茶，「算了，既然都這樣了，那就這樣吧。」

我高興極了，不過仍是對關筱葦的事有些疑惑，「哥哥。」

「不要叫我哥哥！」他極力抗拒，「太奇怪了。」

「那……育澄哥？」我轉轉眼珠子。

「拜託妳叫我練育澄就好。」他搓了搓自己的手臂，「我真的會起雞皮疙瘩。」

「好吧。」我偷笑，「但在叔叔和媽媽面前，我會叫你育澄哥，這樣比較有禮貌。」

「可以接受。」他搖頭，「早知道小時候在作文裡寫的願望會實現，我就應該寫中樂透什麼的……」

「別抱怨了，有我這樣的妹妹也不錯呀。」我拍了一下他的手，「我之前看過你跟關筱葦站在附近那家日本料理店的門口，動作很親密耶，難道你們私下有什麼不可告人的關係？」

他一臉噁心，「什麼時候？」

「生日派對前一天呀。」我頓了頓，「還有，她不是也有來醫院探望你？」

「那天她和阿群都有來，我不想讓他們進病房看見妳，才會……」他聳聳肩，「至於生日派對前一天……阿群也有去啊。」他思索著，「動作哪裡親密？我怎麼沒印象。」

「齁！」我受不了他這記性，於是走到他旁邊把他拉起來，要他靠在桌邊，然後我湊近他，學著那天關筱葦的姿勢，另一隻手搭在他肩上。

「就像這樣，你們有說有笑的，接著……」我拉起練育澄的手，放到我的背上，「你做出這個動作。」

我抬頭，卻對上他的眼睛。

好近！他的臉就在我眼前！

我連忙往後退，「你們那天沒這麼近，不過就類似剛才那樣。」

「……是喔。」練育澄的聲音有些乾澀，他側過頭，神情略顯尷尬，「我想起來那時候是什麼狀況了，她說要看我背上的傷，我不肯讓她看，所以她問我傷口在哪，我就稍微比了一下。」

「你們動作這麼親密，不怕阿群誤會？」我也咳了兩聲。

「我沒意識到這點，我們國小二年級就認識了，我根本沒想到那方面。」他聳聳肩，「雖然我們的姿勢的確不太妙。」

「是吧，不行那樣。」我叉腰。

「我不是說我跟關筱葦，是說剛剛妳跟我的姿勢。」他正眼看我，揚起曖昧的笑，「不太好喔，妹妹。」

「你！」這下子換我紅了臉。

他忽然拉住我的手，使勁將我往他的方向拽，我差點直接倒進他懷中，嚇得趕緊用手撐住桌子邊緣，結果額頭撞上了他的胸膛。

「反應很快呀。」他說，一副惡作劇得逞的樣子。

我慌張地想掙脫，他離得太近了，太近了！他的味道、氣息、體溫，一切的一切都太近了！

他壞笑著將我拉得更近，好看的臉靠向我，幾乎吐氣在我的臉龐，「為什麼臉紅啊？妹妹。」

「你你你你你！」我努力撐著桌緣，然而他拉著我手腕的力道很大，「我認輸了！認輸了！不鬧你了啦！」

他瞬間鬆開手，害我險些往後倒。

練育澄勝利似的微笑，「看妳以後還敢不敢。」

我喘著氣，恨恨瞪著這個可惡的人。眞是流氓！

「話說……」我走回座位坐下，繼續吃早餐，「你聽過那張單曲了嗎？」

「樓有葳的？當然聽了，她的歌聲很好。」他也坐回餐桌邊，「只是妳誤會了，我沒有喜歡她。」

「你房間的桌上有她的傳單，還有，你的確常聽她的歌不是嗎？」

「是沒錯，不過那是爲了工作。這是機密，妳可不能和別人說。」

「什麼？」

「樓有葳的經紀人希望她能多方涉獵，早在前陣子就跟我們公司接洽，表示想嘗試簡單的動畫配音，於是我爸交給我一項工作，就是找出適合她的角色。」他聳聳肩，「雖然樓有葳目前是新人，但業界普遍認爲她有可能大紅大紫，所以我們必須認眞看待。」

「哇……好像另一個世界，不可思議。」我咬著吸管，莫名覺得練育澄離我好遙遠，「那你找到了嗎？」

「找到了。」他自負地一笑，「正好他們快要回來了，我可以馬上跟我爸說。」

看著練育澄高興的模樣，我的心情也很好。

「對了，妳今天有事嗎？」吃完早餐，他忽然問我。

「沒有，怎麼了？」

「我在想，我們是不是應該合買什麼東西送給爸媽當禮物？」他提議。

「好啊，這麼說來，我們確實都還沒送東西祝福他們。」我想了想，腦中卻一片空白，「你有什麼好點子嗎？」

「我也不曉得送什麼好，不如我們出去走走，四處看看吧，說不定會意外發現什麼。」說完，他起身要回房換衣服，桌上的垃圾也沒收。

「喂，你好歹收一下好嗎？」我有些無奈，認命地把垃圾集中，丟進旁邊的垃圾桶，而正在上樓的練育澄回過頭，對我吐吐舌頭。

幾分鐘後，我們一同出門，因爲彼此都沒有想法，我們便決定先去百貨公司逛逛。

坐在他的機車後座，我們抵達了百貨業一級戰區，沒想到正值週年慶期間，人潮洶湧，於是我們轉移目的地，改成去旁邊的小市集。

我和練育澄走在摩肩擦踵的市集中，怎麼看都沒有適合爸媽的物品，最後變成看起自己感興趣的東西來。

「這兩對，你覺得哪個比較好看？」我拿起一藍一紅兩對耳環，徵詢練育澄的意見。

「不都長得一樣嗎？」他認真地端詳。

「不一樣，這個有小花裝飾，這個沒有。」我指出細微的差異。

「那就……有小花的好了。」看他的表情就知道，他還是搞不清楚。

「兩個都買好了。」

「那妳幹麼問我啊？」他好氣又好笑。

「哥哥，你要習慣，妹妹就是這樣。」我對他眨眨眼睛，「哥哥，幫我付錢。」

「哇靠。」他一臉拿我沒辦法的樣子，我只是開開玩笑，結果他真的拿了耳環就要去結帳處。

「等等，我開玩笑的啦。」我趕緊跟上他，打開自己的錢包。

「沒關係。」練育澄聳肩，「這還好吧。」

「這……」

「我去買個飲料，妳等等去那邊找我。」他朝不遠處的自動販賣機示意，我點點頭。

服務人員幫我把耳環包裝起來，笑著說：「妳男朋友對妳眞好呢。」

我一驚，「他不是我男朋友啦！」

「哎呀，不是嗎？我以爲是呢。」服務人員將耳環交給我。

「他是我哥哥……」我輕聲說，服務人員一愣，隨即又笑了。

「那你們感情眞好，我和我哥只會打架。」

我不知該如何回應，只能扯扯嘴角，然後走向自動販賣機。練育澄正在喝飲料，經過的女孩無不多看他一眼。

我不禁心想，如果我們眞的是從小一起生活的兄妹，那我們會常常打架，還是會和現在一樣？我被服務人員的話弄得有點混亂。

是不是因爲我們才成爲兄妹不久，所以互動比起兄妹，更像是男女朋友？

還是說，只要是面對不清楚實際狀況的人，即使是親兄妹走在一起，也很容易被誤認爲是男女朋友？

「練育澄。」我走到他身邊。

「不叫哥哥嘍？」他故意問。

「這個謝謝你，不過我還是該給你錢。」我拿出五百塊給他。

「不用了，就當作是我送給妹妹的禮物。」他把飲料放進背包，「走吧，我們去那裡頭看看。」

我跟在他背後，繼續思考。仔細想想，這種地方怎麼會有適合練叔叔和媽媽的禮物？我們這樣更像是在約會吧？

況且，有哥哥會送妹妹耳環嗎？

是否因爲我們都是獨生子女，才拿捏不好對待兄弟姊妹的方式？

「練育澄。」我追上他的腳步，與他並肩而行，「你交過女朋友嗎？」

「當然交過。」他指指自己的臉，「我耶。」

「哇，你還眞是欠揍。」我動手捏了他一下，然後愣住。兄妹之間會有這種互動嗎？

「那妳呢？」他反問。

頓時，我不確定該怎麼回答。

我和古牧然，誰也沒說過要交往。

「算有吧。」但在我內心深處，或許的確這樣認爲過。

「有就有，沒有就沒有，哪有模稜兩可的說法。」練育澄不以爲然，「對了，我很好奇一件事。」

「嗯？」我們來到販售紙膠帶和明信片等小物的攤販前，我拿起筆記本翻著。

「生日派對前一天，妳不是問我認不認識……某兩個人，她們是誰？」

我一頓。這些事情，我從來沒告訴過任何人，連姬品珈也不知情。

「以前的朋友。她們也讀華大，我只是突然想到問問。」我試圖蒙混過去，練育澄卻拉住我的手。

「我聽得出來喔。」他歪頭，「別以爲只有眼神不會騙人，聲音也不會喔。」

「我沒有……」話還沒說完，練育澄已經靠了過來。

「沒事的，哥哥的存在是做什麼的？就是爲了當妳的靠山。」他把頭抵在我的額頭上，「我一直希望能有個妹妹，就是想要保護她的一切。」

這句話太過溫柔，讓我瞬間卸下所有心防，好像無論告訴他什麼，他都會無條件接受。

所以，我把那段過往都告訴他了，沒有猶豫，也沒有保留，而從頭到尾他都握著我的手，靜靜聽我訴說。

練育澄並未打斷我，也並未做出任何評判，就像海洋一樣，包容著我。

「即使我沒有自覺，但我的那個提問，其實就是在責備巫小佟，我評斷了她，讓她二度受到傷害，謝荏恩才會要我暫時別再和她們聯絡。也許每看見我一次，就會讓巫小佟感覺再次遭受譴責。我明明在心裡發誓過，無論如何都會無條件站在她們那邊，可是……對於那件事，我的反應無疑是在向巫小佟說，她做錯了。」

當時的我下意識認為，她不該喜歡上別人。

但我不清楚她遭遇了什麼，也不清楚她在賀存恩那裡受了什麼委屈，在她痛苦的時候，我沉浸在與古牧然的甜蜜之中，而當她近乎崩潰的時候，我又僅以自身角度為出發點去批評她。

我根本不配當她的朋友，我連再見她的資格都不具備。

聽完我冗長的告白，練育澄沒多說什麼，只是彎腰確認我有沒有掉淚，然後露出傻傻的笑容。

「餓了嗎？」

「咦？」

「我知道附近有家很好吃的義大利麵喔。」他牽著我的手站起來。

「欸？」我呆住。

「妳不喜歡吃義大利麵嗎？」他問。

「喜歡。」

「那就好啦。」他筆直朝前方走。

我任由他拉著我，一路上欲言又止，在抵達餐廳時，我總算說出疑問：「難道你對這件事沒有任何感想？」

「我的感想並不重要呀。」練育澄朝接待人員豎起兩根指頭，「無論我們怎麼想，事情都已經發生了，不是嗎？」

我們跟隨接待人員來到兩人桌，入座後，他一派輕鬆地翻閱菜單。

「不是應該建議我做些什麼改變，或是想辦法修復關係嗎？」我看著泰然自若的他。

「那妳想這麼做嗎？」他的視線從菜單移到我臉上，我立刻搖頭。

「我不敢，說實話，我也不曉得該怎麼辦。我只記得當時她們受傷的眼神，我不希望再見到她們時，依然被同樣的眼神注視。」而且很有可能，巫小佟還沒從悲傷裡走出，我沒勇氣再次面對那樣的她。

「嗯，明太子海鮮義大利麵很好吃，墨魚麵也不錯，雖然嘴巴會被染黑。」他闔上菜單，「妳決定好了嗎？我要叫服務生來嘍。」

「我還沒決定，等一下。」我趕緊看菜單。眞是的，我明明在講重要的事。

「妳明白所謂的『活在當下』嗎？」他忽然說，「因爲肚子餓了，所以我們現在要吃飯，那這時最應該做的，就是決定吃什麼。可是呢，妳卻由於煩惱過去的事情，沒有在該看菜單的時候把握時間。今天是我願意等妳，如果遇到一個沒耐心不想等待的人，直接叫服務生來，妳也許就只能亂點餐，導致點到自己不喜歡的餐點。」

「你到底在講什麼？」我呆愣住。

「妳把過去犯下的錯誤放在心上，這沒有關係。可是妳不能讓這些事影響妳去做眼前最該做的事。」

「我並沒有被這些事影響，我有好好地念書、交朋友……」

「但這段過去始終跟著妳，仍然會在無形之中影響妳。」

「難道我要把這一切拋諸腦後？這樣不是很不負責任？」我有些氣惱。

「我不是這個意思，我覺得妳該思考的是，妳從這些經歷學到了什麼？」練育澄認眞地凝視我。

「學到什麼？我不知道，我怎麼會……」我搖搖頭，眼淚瞬間掉了下來。

其實我知道的，我學到的是，我應該勇敢面對內心眞實的聲音，即便可能不符合大家的期望，我也該順從自己的心。

我不應該因爲害怕獨自一人，於是在被巫小佟和謝茬恩無條件接納後，從不說出自己眞正的想法，而是一味選擇附和，讓她們以爲我們三個是天作之合。

當時我認爲不需要與她們分享自己的生活，是因爲我擅自認定她們不會感興趣，可若眞的將她們視爲重要的人，不是更會樂於分享自己的日常點滴嗎？

我不該明明覺得是巫小佟的錯，嘴上卻說著會支持她，心口不一的表現比實話更傷人。她們肯定是看出來了，才會提議暫時別聯絡。

我不該明明把幸運繩當成是負擔，卻不斷說服自己這是友情的象徵。其實，眞正的友情怎麼會需要一個東西作爲象徵？

我不該在古牧然逼我選擇時，再次做出違心的決定。

我明明就想跟古牧然在一起！

想到這裡，我哭得更加厲害，肩膀顫抖不已，淚水滴落到菜單上。周遭的幾個客人見狀，顯得有些好奇和驚訝，服務生也過來探問，練育澄只說了句：「沒事沒事，不好意思請稍等我們一下，等等點餐。」

然後，他將椅子拉到我旁邊，把手搭上我的肩膀，輕輕拍著，像是哄孩子一樣，不厭其煩地、規律地輕拍，好一陣都沒有停歇。

我在他耐心的安撫下，慢慢地感到安心。

不知哭了多久，當我終於冷靜下來環顧四周時，發現附近的座位已經沒有人了，頓時有點尷尬與抱歉。

練育澄托著下巴露出清爽的微笑，伸手抽了張衛生紙，輕輕擦掉我眼角的淚水。

「別擔心，那些人是用餐完畢離開了，絕對不是妳影響到他們。其實大家都以爲是我把妳惹哭了吧，搞得好像我劈腿了一樣。」

他的話讓我破涕爲笑。他可是我哥哥，怎麼會劈腿呢？

「那妳決定吃什麼了嗎？」見我笑了，他又重提這個問題。

「你覺得哪個好？」我的聲音帶著哽咽。

「自己決定呀！」他眨眨眼睛，「但我推薦墨魚麵喔。」

我又笑了起來。

過去，已經無法改變。

現在，也不需要補救。

最重要的是，我能從這些經驗之中，學到什麼、改變自己什麼，不再重蹈覆轍。

這是我得自己面對的關卡，就像巫小佟，她有她自己的關卡，而古牧然也是。

或許他們沒有我笨拙，早已走出自己的路。

又或許，他們也遇到了推他們一把的人，就像我遇到練育澄這個沒血緣關係的哥哥一樣。

仔細想想，目前爲止，我唯一完全依照自己心意所做的事，大概就是促成爸媽離婚了。

即便這樣的行爲說出來可能會遭到唾棄，當年的我仍是這麼做了，而且這也是目前為止，我認為自己做得最對的一件事。

「啊，我想到了！」吃得滿嘴漆黑的練育澄高呼，對我露出一口黑牙，「我們來錄音，怎麼樣？」

「錄音？」我摀住自己的嘴，怕同樣吃著墨魚麵的我，嘴巴和練育澄的一樣黑。

「是呀，在錄音室裡錄下我們要對他們說的話。去我爸的公司吧，那裡有專業器材，我們只需要想好錄些什麼，說不定也可以編個故事。」

「像是小時候聽的故事錄音帶那樣？」

練育澄彈指，「沒錯，妳還可以順便參觀錄音室。怎麼樣？既有誠意，又不用花錢。」

聽他這麼說，我不禁笑出來，「怎麼感覺不用花錢才是重點？」

「重點是心意呀！我們再怎麼花錢買東西，比得上我爸自己花錢買的嗎？」他的看法一針見血。

事不宜遲，我們吃完義大利麵後，便立刻前往練叔叔的公司。

叔叔的公司位在某棟商業大樓裡，外觀與一般公司行號無異，公司名稱是「練習發聲錄音公司」，一聽就能了解業務內容。

自動門一開，不算大的櫃檯映入眼簾，我四下張望，櫃檯後方有條筆直的長廊，似乎需要脫鞋。長廊邊擺放著看起來十分舒適的沙發椅，兩側有好幾扇門，都呈現緊閉狀態，雖然聽不到什麼聲音，但察覺得到有人在活動。

「裡面應該有人在錄音，我看看……」練育澄牽著我的手並未鬆開，他看向一旁的白板，確認錄音室的使用狀況。

有道人影從其中一扇門後出來，原本打算走進另一個房間，不過瞧見我們後，又退了回來，「育澄，今天有你的case嗎？怎麼會來？」

「偉哥，我想借一間錄音室用，小間的就好。」他帶著我走向前，名叫偉哥的男人約莫三十歲，上下打量我後，露出曖昧笑容。

「帶女朋友來錄音喔？」

「不是女朋友，是妹妹。」他解釋。

爲什麼我們會一直被誤會是男女朋友？是因爲牽著手嗎？

我想掙脫他的手，這時幾名男女正巧從同一間錄音室走出來，於是練育澄鬆開我的手，上前問候他們。

「原來妳就是軒哥太太的女兒呀？妳好，以後歡迎多來走走。」偉哥簡單向我打了招呼，便進到另一個像會議室的房間。

「好了，我們去最裡面那間吧。」

練育澄和那些應該都是配音員的人寒暄完，回來再度拉起我的手，不忘拿出拖鞋給我穿。在我脫下鞋子時，他的手也沒放開，甚至差點要彎腰幫我。

「這樣不太好吧。」在踏進錄音室前，我忍不住說。

「不會啦，反正現在沒人要用這間。」

他打開淺黃色的門，按下牆上的電源開關，錄音室內的燈光亮起，和我曾在電視上看過的一樣。房間分爲兩個部分，一邊除了主控臺以外，還有兩臺電腦螢幕和喇叭，中間以一道牆隔起，牆上有門和整面的透明玻璃。

玻璃後的那部分空間則是我們要待著錄音的地方，四面牆都是吸音海綿，用來阻隔雜音，另外還有兩個收音麥克風，以及可以擺放劇本的高腳書架。

「不是啦……」我晃著我們交握的手，「是這個，我們不該牽手吧。」

練育澄滿臉疑惑，「兄妹不是也會牽手？」

「還是小朋友的時候才會吧。」

「這樣嗎？」他盯著我們的手好一會，才鬆了開來。當他放開時，我頓時感覺手心空空如也，不知該將手往哪裡放。

「妳想好要講什麼了嗎？」他打開主控臺的電源。

「恭喜妳離婚，才能遇到叔叔。這個怎麼樣？」

「夠黑色幽默。」練育澄哈哈大笑，「那這個怎麼樣？『我們隨時都歡迎新的弟弟妹妹』？」

我吐了吐舌頭，「不要，想逼死他們嗎？」

我們兩個坐在錄音室裡，左思右想，討論了好幾個版本的臺詞和故事，甚至一度打算讓練育澄一人分飾多角，但最後都覺得太過刻意與矯情。雖然錄音的過程挺有趣的，練育澄的聲音非常多變，若是沒看到他的人，會眞的以爲有這麼多人在場。

「乾脆我們就錄一、兩句話吧，說我們自己想對他們說的話？」我提議，有時候最簡單的形式才是最好的。

「嗯，也好。」練育澄看了看手錶，「都已經這個時間了。」

「那……你先？我先？」

「我先吧。」練育澄起身，進入玻璃另一頭的錄音間，關上了門。

他指導我該按下哪些鍵，然後咳了兩聲才開始說。

「爸，我大概跟你講過很多過分的話，如今要說那些話不是眞心的太假了，但我是無心的，只是痛恨自己的無能爲力吧。對於你能遇見阿姨這件事，我眞的非常高興，總算讓我對當年的……」練育澄停頓了下，「總之，祝你跟阿姨幸福快樂，完全不需要在意我和子青，我們也很歡迎弟弟妹妹的。」

我向他翻了個白眼，他還眞是不講這句不行。

練育澄笑嘻嘻地走出來，對我豎起大拇指。

「你好不正經。」

「這對我來說已經很感性了，再更正經，我會想吐。」他做出嘔吐的動作，「換妳了，我看妳能多感性。」

我踏進錄音間，練育澄幫我關起門，站在玻璃前比了「OK」的手勢。玻璃上方「**on air**」的指示燈亮起，我深吸一口氣，朝麥克風開口。

「媽，我以前對妳說了很多過分、難聽的話，在妳難過的時候，我幫不上妳的忙，只是一味地跟著傷害妳，對此，我十分抱歉與愧疚。所以得知妳遇見了叔叔，我眞的覺得這是世界上最美好的事。」

我抬眼看見練育澄在另一邊專注地聽，隨即收回視線，繼續說下去：「當年妳離婚……」

然後我停頓了。我該說出眞相嗎？

不，不能，這件事情是我永遠的祕密，絕不能說。

「當年妳離婚……我認爲是最好的決定，妳不必自責沒有給我一個世人口中完整的家，對我而言，有妳在的地方就是完整的。更何況，我還有了這麼帥氣的新爸爸，以及對我很好的新哥哥。」

練育澄做了起雞皮疙瘩的反應，卻笑得開心。

我走出錄音間，練育澄雙手環胸，瞇著眼，「我合理懷疑妳抄我的臺詞，前面的部分很像。」

「哪有像，只是剛好我也想說這些。」我坐到旁邊的椅子上，「你要怎麼把錄音給叔叔和我媽？」

練育澄轉過椅子面對電腦螢幕，點了幾下滑鼠，加入背景音樂以及調整聲音速度後，便儲存檔案，直接用mail寄送給練叔叔。

「他們現在應該在飛機上吧？」我的手撐在練育澄的椅背，傾身去看螢幕。

「這樣他一下飛機就可以聽了，想必會亂感動一把。」他滿意地點頭，「好了，我們完成任務了，回家吧。」

「嗯。」我摸了下肚子，「如果我說我又餓了，會不會太誇張？」

「哈，有一點。」練育澄打開門並順手關燈，站在門邊。走廊的燈光從他身後照進來，模糊了他的臉，「但是既然妹妹肚子餓，哥哥就要想辦法餵飽她。」

他的話聽起來老是不正經。

他朝我伸出手，看起來好像有點遲疑，「雖然妳說，一般的兄妹只有小時候才會牽手，可是我也看過會牽手或勾手的兄妹和父女，所以……妳自己決定吧。」

我沒有考慮太久就將手搭上，練育澄笑開了，用力回握。

見我們牽著手準備離開，偉哥露出訝異的表情，不過沒問什麼便與我們道別。

坐在練育澄的機車後座，靠著他寬闊的後背，我忽然不確定了。

哥哥是這樣嗎？

妹妹是這樣嗎？

「妳手不抓緊一點，小心掉下去喔。」練育澄說著，把我的手往他的腰際拉。

「嗯。」

對於所謂的兄妹情，我越來越困惑了。

第九章

我聽見有人在我的房門外來回走動，一開始以爲是錯覺，所以我繼續閉著眼睛，然而那腳步聲卻始終沒有消失，頓時令我發毛起來。

時間是凌晨兩點，叔叔和媽媽早就睡了，還會有……我一怔，從床上緩緩坐起身，看著門縫下的影子徘徊著，最後停在房門前。

難道是……練育澄？

叩叩。

指關節敲在木門上的聲音迴盪於空氣中，在寂靜的夜裡顯得格外響亮，我從床上下來，慢慢走到門前，轉動了門把。

他就站在房門外，面無表情地注視我。

「練……」我還來不及喊出他的全名，他驀然一笑，踏入房間。我節節後退，直至他完全走進來，關上了房門。

「練育澄，你要做什麼？」透過單薄的睡衣，我幾乎感受得到他的體溫。

「羊子青，妳想要我做什麼？」他壞笑，手摸上我的臉頰，而我的後面便是床鋪——

我嚇得睜開眼睛，發現自己好端端躺在床上，時鐘顯示剛過十二點。我是睡著了嗎？

天啊，我到底……那是什麼白痴的夢！我在做什麼！

我懊惱地從床上爬起來，覺得羞愧不已，整個夢的內容都荒唐至極。

有什麼聲響傳來，我的目光投向門邊，經由門縫可以看見有道影子正徘徊著，彷佛和夢裡的場景重疊了。我倒抽一口氣，難道……

不，別傻了，練育澄不會那樣，不會的！

我起身打算一探究竟，走到門前卻猶豫了下，又回頭拿起外套穿上，才打開房門。

「嚇我一跳，妳還沒睡呀！」

「媽媽？」

只穿著睡衣的媽媽不曉得在外面待了多久，我趕緊讓她進來。

「怎麼不敲門就好？」關門前，我瞥了眼練育澄的房門，門縫漆黑一片，難得他今天這麼早睡。

「我以爲妳大概睡了。」媽媽笑著，坐到一旁的地毯上。

「怎麼了嗎？」

「嗯，我和練軒收到你們的禮物了。」媽媽開門見山地說，我有些意外。

從他們回來到今天，已經過了兩個禮拜，在收到禮物之後，他們沒有太大的反應，僅是笑著說了句「謝謝你們的禮物」，害我的期望落空了。原本緊張又期待他們回應的心情，也隨著兩個禮拜過去而淡化了。

結果在這種時間，媽媽居然穿著睡衣來到我的房間，提起這件事。

「喔……」我措手不及，不知該如何反應。

「其實，我從沒想過要和妳爸離婚，也從沒想過妳爸會如此狠心，叫妳拿離婚協議書給我，畢竟，妳是我的全部。」媽媽的手搭上我的手，我感覺胃部一縮。

我有多久沒仔細看過媽媽的臉了？

她的臉上有著無法撫平的皺紋與滄桑，歲月增添了她眼底的惆悵，而在那深幽的雙眼之中，映出的是我的臉。

「我……」這個瞬間，我有種媽媽把我做的事都看在眼裡的錯覺。

不過下一秒，她拍拍我的手，輕聲說：「但如今，我感謝妳爸爸的狠心，因爲妳快樂多了，我也快樂多了，然後……」她環顧四周，「我遇見練軒，來到了這裡。」

看來媽媽並未發現，她只是聽了我的錄音後有感而發，她不曉得我拿給她的，是我模仿爸爸的筆跡簽下的離婚協議書。

「妳……後悔離婚嗎？」

她先是抬頭望向遠方，再將視線轉回我身上，堅定地回答：「我同樣從沒想過，有一天會愛上妳爸爸以外的人。」

然而如果不離婚，妳永遠不會知道，妳還有愛上其他人的能力。我在心裡對媽媽說。

對於這件事，我不會後悔。若是再讓我選擇一次，我同樣會這麼做。

然後，讓罪惡感啃噬我，讓矛盾的心情永遠盤據在我心中。

這一刻，我很想打電話給點點滴滴，告訴他們我是當年的小羊，我辦到了。同時我又想起清湖，那個陌生的男孩後來怎麼做了呢？

「媽媽，我真的很高興可以來到這裡，真的。」

最後，我所能說的就是這句話，最需要說的，也只有這句話。

她笑著，輕輕擁抱了我，向我道晚安。

✦

「羊子青，妳過來一下。」已經差不多康復的蕭大方站在轉角處，神祕兮兮地喊我。

「怎麼了？」我歪頭，他將食指放在嘴唇前示意我小聲點，要我快點過去。我狐疑地來到轉角，「你的腳傷好多了吧？」

「醫生說年輕人恢復快，我現在已經可以追趕跑跳碰了。」他笑了兩聲，「欸，姬品珈在哪？」

「她去找老師了……」我瞇起眼睛，「你想幹什麼？」

「她有沒有男朋友？」蕭大方的問題讓我倒抽一口氣，他隨即翻白眼，「別鬧，我知道妳要講什麼，我說最後一次，我和她眞的是純友誼。」

「呿，那你問這個幹麼？而且她有沒有男朋友，你心裡也有數吧？」

「我覺得沒有啊，不過還是得和妳確認比較保險。」他拿出手機，點開一張照片，「這個是我的高中同學，他對姬品珈很有興趣。妳覺得他會是姬品珈喜歡的類型嗎？」

沒想到他居然是要我牽線。我審視螢幕上的照片，忽然發現自己給不了任何意見，因爲我對姬品珈的喜好完全不清楚。

「她只說過練育澄很帥。」我搖頭。

「拜託，妳哥那個等級的很難找好嗎！」蕭大方沒好氣地說，「那妳自己呢？覺得這個怎麼樣？」

「問我幹麼？」

「以女生的眼光來看呀，如果妳也認爲不錯，至少我推薦給姬品珈的時候，可以多一點信心。」他開始細數照片中這位陽光大男孩的優點，不菸不酒不嫖不賭，而且對方念南大，和我們學校的距離也近。

「我不曉得啦，你自己去跟姬品珈說。」

「我之前提過一次，可是姬品珈不想認識對她有興趣的人，眞是怪咖！」他把手機放回口袋，「連照片都不看耶。」

「她都說不想了，那你就別多事了。」我聳聳肩，轉身打算離開，蕭大方卻拉住我。

「要不然給個機會，我們四個人一起去看電影？」

「我不要。」我瞪大眼睛。蕭大方怎麼這麼積極？

「拜託啦，因爲高中時這個人幫了我很多忙。看個電影應該不過分吧，況且還有我們啊！」

我堅定地搖頭，「品珈如果不想，那就是不想，不應該勉強她。」

「好啊，妳逼我用這招。」蕭大方這個無賴指著他的右腳，「隱隱作痛喔！」

「可惡！蕭大方，你這傢伙！」我握拳，他來這招，我的確無法再拒絕了。

「求求妳啦，幫忙說服看看姫品珈，不行的話就算了，但也拜託妳先試試，我想還我這位朋友的人情。」蕭大方雙手合十，姿態卑微得不得了。到底這位陽光男孩是幫過他什麼忙？

「好吧，我盡量。」

蕭大方歡呼著目送我離開，我回到教室時，姫品珈正好進來。

「欸，妳禮拜六有空嗎？」

「有呀，要約我去哪嗎？」姫品珈眨眨眼，故作俏皮。

「蕭大方說……」

才剛講出他的名字，姫品珈立刻垮下臉，「天啊，不會又是什麼白書安的事情吧？」

我挑眉，「我是不知道那個人叫什麼名字啦，不過照片看起來就是一個陽光大男孩。」

「我沒看過照片，可是蕭大方一直碎念，說他的高中同學想認識我，煩呀！」她雙手托著臉頰。

「我看他長相還不錯，妳排斥的原因，是不希望對方是有目的地接近妳嗎？」

「我覺得很奇怪。妳看，我的外表這麼容易被誤會，我不想要讓那些因爲外表而接近我的人，在認識我後發現我是個喜歡書店更勝於夜店的人，而擅自對我失望，這種感覺很糟。」她比了比自己修長的美腿，以及看似輕浮的外表。

「蕭大方不至於會介紹那樣的人給妳啦。」

姬品珈瞇起眼睛，「奇怪，爲什麼妳會幫蕭大方來約我？他不會是拿之前保護妳的事來威脅吧？」

她眞是聰明，雖然其實不到威脅那麼誇張，「反正我只是問問，我看照片感覺還OK才會跟妳說，就看妳嘍。」

姬品珈沉思著，過一會兒打鐘後，蕭大方跟著他的朋友們走進教室，姬品珈立刻問：「你禮拜六要去哪？」

「喔喔喔！答應了嗎？」蕭大方開心地大喊，班上的同學們還以爲他們在一起了，結果又引來兩人異口同聲的反駁。

於是禮拜六，我們在電影院門口會合。白書安和照片裡的模樣相去不遠，談吐也得體有禮，姬品珈似乎挺訝異對方有許多興趣與她相同，一路上兩人有說有笑的。

我跟蕭大方並肩走著，他十分滿意地頻頻點頭，說要是能撮合他們就太好了。

「我眞的很好奇，爲什麼你和姬品珈常常在一起，卻不來電？」我終於找到機會問，蕭大方只是聳肩。

「有些人你就是明白怎樣都不可能，但有些人就算有對象了，你仍然會喜歡上，感情的事情很難說啊。」蕭大方的說法挺老套，不過也是事實。

「哎呀，我眞的覺得你和品珈滿合適的，即使就像你說的一樣，只是旁人認爲是沒有用的。」我喝著可樂，我們正排隊準備進入影廳。

「話說，那妳哥呢？」

我被蕭大方的話嚇到差點噴出可樂，「我哥怎樣？」

「他條件那麼好，沒女朋友？」蕭大方狐疑，「妳的反應怎麼這麼大？」

「我沒有，哪有。」我想起那個夢，練育澄在半夜進來我房間的詭異夢境。

「喔……喔喔喔！」蕭大方怪叫，「妳不會是對妳哥有意思吧！」

「我才沒有！你不要亂講！」我大聲否認，前方原本在聊天的姬品珈和白書安回過頭。

「你們小聲一點啦！」姬品珈嘟嘴，「子青，妳的臉怎麼這麼紅？」
「我有嗎？」
「有呀。」姬品珈的手撫上我的臉頰，「是不是太熱了？妳怪怪的喔。」
蕭大方雙眼發亮，像是發現新大陸一樣，對我用唇語說：「妳喜歡妳哥？」
我不理會他，趕緊把票交給工作人員，進到電影院後刻意選了離他最遠的位子。
電影放映結束，我也不讓蕭大方送我回家，而是要白書安送，徹底避免與蕭大方單獨相處。
「妳眞是的，應該讓書安送品珈啦！」蕭大方氣急敗壞地嚷嚷，可我說什麼都不聽。
白書安，不好意思，反正你已經認識姬品珈了，不差這一小段路。
我不想被蕭大方追問那荒唐的問題，要是我的反應有任何一點不對勁，蕭大方肯定會大作文章。
「沒關係，我送她吧，反正姬品珈的家和你家比較順路。」白書安識相地表示。
很好，這種不纏不黏的男人最棒，先加分。
「羊子青！妳眞是……」蕭大方萬分無奈，而姬品珈搞不清楚狀況，不過我們還是在電影院前解散。

「眞是抱歉，其實我可以自己回家。」等他們兩個走了以後，我對白書安說。反正我的目的只是不跟蕭大方獨處罷了。

「沒關係，就讓我送妳吧。」他不甚在意，交給我安全帽，「是大方跟妳說了什麼嗎？」

「沒有，沒說什麼。」我搖頭，白書安抿抿嘴。

「大方的預感挺準確的，如果他說了什麼不好聽的話，還請妳見諒。」白書安轉轉眼珠，「或者，可以思考一下他所說的話是否屬實。」

我張大嘴，「你們還眞是好朋友呀！」

「哈哈，所以才會到了大學還有聯絡呀。」白書安回應，一路保持安全的速度把我送回家。

在家門口讓我下車後，他準備離去，我禁不住好奇開口：「你爲什麼喜歡品珈？」

「喜歡？大方是這樣說的嗎？」白書安滿臉不可思議，「我不是喜歡姬品珈，怎麼可能還沒相處過，只看了照片就說喜歡？」

這下換我愣了，「那你爲什麼想認識品珈？」

「這……」他頓了頓，「算了，講了也沒什麼。妳知道樓有葳嗎？」

又是樓有葳呀。

「我知道，她最近曝光率挺高的。」她的出道單曲已經蟬聯排行榜的週冠軍好一陣子了，再來就是蟬聯月冠軍了吧。

「妳不覺得姬品珈的某些角度，看起來和樓有葳很像嗎？」白書安的話完全出乎我的意料。

「所以……你想認識品珈，是因爲你喜歡樓有葳？」這難道是追星的概念？這個理由也太讓人無言，而且滿失禮的。

「有一部分是這個原因，但姬品珈比我想像中還要有趣。我對她並不是喜歡，而我感覺得出來，她對我也不是喜歡，我們就單純交朋友。」他誠實地說，「對了，應該謝謝妳，我聽大方說，是妳說服姬品珈的。」

「不會啦。」我笑了笑，暗自決定不能把白書安的動機告訴姬品珈。

目送白書安離去，我轉身開啟鐵門，走過點著小燈的庭院，打開家門。

「那是誰？」結果門一開，就看見練育澄雙手環胸，站在玄關。

「哇！」我頓時一驚。蕭大方的話，還有那怪異的夢，再次浮現在我的腦海。

「妳看，都幾點了。」練育澄指著手錶。

「才六點啊。」晚餐甚至都還沒煮好呢。

「才？才？怎麼會說才六點，妳今天出門前也沒說要去哪，不知道我們會擔心嗎？」練育澄誇張地說。

「你也太大驚小怪了吧。」練叔叔正好經過，他不禁皺眉，並朝我微笑，「回來啦，快洗手吃飯吧。」

「好的。」我趕緊脫了鞋子，往樓梯的方向跑，練育澄跟在我後面一路叨念。

「以後如果要出門，必須先跟我說，跟誰、去哪都要報備。剛才那是誰？我怎麼沒見過？新認識的男生？在追求妳嗎？」這個嘮叨鬼居然跟進了我的房間。

「天啊，我媽都沒管這麼多！」我忍不住抱怨。

「我是妳哥哥，哥哥應該把關妳的交友狀況。」他理直氣壯。

「這是戀妹情結吧！」

「別把我說得像變態一樣。」練育澄捏我的臉，「所以那是誰？」

「誰也不速啦！」我被他捏得連話都說不清楚。

「坦白從寬。」他把主意打到我的腰上，開始搔我癢。

「你怎麼可以這樣！」我癢得笑個不停，拚命閃躲他的攻擊，但練育澄不肯善罷干休。我們兩個在房間裡追逐，最後他直接從後面單手環抱住我，另一隻手在我腰間游移。

「快點說，那個人是誰？你們是什麼關係？你們今天去哪裡了？」他的聲音就在我耳邊，我可以感受到他的氣息吐在我的臉頰上，以及他的體溫，和那該死的結實身軀。

「我、我、我……哈哈哈……」我搞不清楚自己的眼淚是笑出來的，還是因爲害羞而導致。

「老實說，不說的話，我不會放妳走的。」他將我整個人往上抬，然後把我壓制到床上，雙手撐在我的肩膀兩邊，俯視著我，「羊子青，快招吧，那個男生是誰？」

「我……」這個姿勢實在太過曖昧，我頓時渾身僵硬，只能呆呆看著他，他這才發現不對勁，趕緊往後退，離開了床鋪。

「這……都是妳不好。」他竟把錯推到我頭上，「誰叫妳不說是誰！」

「我、我就……他只是順路送我回來而已，他想認識的是姬品珈。」我沒有完全講實話，因爲我不想告訴他蕭大方說了什麼。

「想認識姬品珈，卻送妳回來？太奇怪了，應該是本來就想認識妳吧。」

「才不是。」我從床上爬起，「他是……」

「妳太蠢了，所以才會被騙。」他丟下一句莫名其妙的話，直接轉身走出我的房間。

我傻愣在原地。現在是怎樣？

我聽見他匆匆下了樓梯，而我也連忙換掉衣服，下樓前不忘先去洗手洗臉，結果在鏡中見到滿臉通紅的自己。

來到餐桌邊時，大家都已經入座，練育澄瞧也不瞧我，一臉沒事人似的。

「電影好看嗎？」媽媽問我，練育澄睜圓眼睛，看了她又看了我，彷彿在問「爲什麼媽媽知道，我卻不知道」。

我哼了聲。我可是早就向媽媽報備了，只是沒跟他說而已。

「好看呀。」我回答，盯著練育澄，「今天有個男生送我回來，他是想認識姬品珈，可是他想認識姬品珈的理由很瞎，他說是因爲姬品珈長得像他喜歡的一個明星，樓有葳。」

我把剛才沒說完的話一口氣說出來，故意講給練育澄聽。

「樓有葳？」媽媽不清楚她是誰。

「有像嗎？」練育澄不以爲然。

「說到樓有葳，她明天會來我的公司配音。」練叔叔開口。前陣子練育澄提過找到了適合她配音的角色，但後來便沒下文了。

「她配哪部作品呢？」我好奇地問。

「育澄目前有客串的一部卡通。」練叔叔笑了笑，「當然，樓有葳的角色戲份更吃重。」

我瞪大眼，詢問練育澄：「這表示你明天會跟樓有葳一起配音？」

練育澄聳肩，「就算配同一部作品，也不見得能見到面。不過很巧，我明天的確會遇到她。」

什麼！怎麼沒有跟我說？

剛剛還吵著要我交代清楚白書安的事，結果他自己卻沒講明天會跟樓有葳見面！

練叔叔見我和練育澄大眼瞪小眼，以爲我喜歡樓有葳，便邀請我明天一起前往公司，「把妳那位朋友也帶來吧，妳說她像樓有葳，讓我有些好奇。」

「好呀。」我一口答應。前陣子練育澄被康榆所傷時，練叔叔雖然和媽媽一同趕到了醫院，不過當時姬品珈正好暫時離開，兩人並未碰面。

練育澄說過，他只是因爲要找出適合樓有葳配音的角色，才會特別關注她，但面對樓有葳那樣出眾的藝人，說不定他會露出什麼蠢樣，所以我一定要去看看。

回到房間後，我立刻邀請了姬品珈，有意思的是，她對樓有葳沒興趣，倒是對錄音室挺感興趣。

隔天一早，練叔叔和練育澄先出發，我和姬品珈則約在捷運站碰頭，再一同前往。由於之前去過一次，我算是熟門熟路，而一進到公司，便看見偉哥正忙進忙出。

今天櫃檯有人在，是位看起來十分幹練的女性，叫做張凌。她要我們找個地方坐，別干擾到錄音。

「我以前原本想考大傳系或新聞系的，想當幕後工作人員。」姬品珈望著那些忙成一團的人，吐吐舌頭，「不過光是配音工作都這麼忙碌了，實在不敢想像電影圈或電視圈，還是新聞業那種即時播出，以及趕時限發稿的壓力，於是我就放棄了。」

「妳當時怎麼會知道有多忙？」我往各間錄音室裡頭張望，想確認練育澄人在哪，隨後在比較前方的大錄音室瞧見他的身影。

「是啊，所以其實是我考不上。」姬品珈笑了。

練育澄手持劇本，正和工作人員說話。過了一會，練叔叔從辦公室走出，筆直朝我們走來。

「妳們來啦，妳就是品珈吧？子青和我們說了很多妳的事情。」練叔叔禮貌地向姬品珈打招呼，並伸出手。

「叔叔你好，謝謝你讓我過來參觀。」姬品珈露出美麗的微笑，一轉頭卻對我擠眉弄眼。不用問我也明白她的意思，八成是想說練育澄的爸爸也這麼帥之類的。

「品珈果然是個漂亮的女孩子呀，妳對配音有興趣嗎？我聽妳的聲音，似乎可以試音看看喔。」練叔叔表示。

「不了不了，謝謝叔叔，我比較喜歡低調啦。」姬品珈連忙拒絕。

「那就不勉強了，哈哈。我們等等一塊去吃午餐吧？」練叔叔提出邀約，我們當然不會拒絕。

此時自動門打開，一個穿著白襯衫與黑長褲的女人走進來，後頭跟著一名留著黑色長髮、笑容親切卻掩蓋不了王者風範的女性。

她就是樓有葳。

我和姬品珈都沒料到會突然親眼見到她，就這樣呆坐在位子上，看著張凌殷勤地問候那位顯然是經紀人的女人，並請練叔叔過去。

「練先生您好，承蒙您照顧，這位是我們公司最近積極栽培的新人，樓有葳。」經紀人誠懇地微笑，要樓有葳打招呼。

「您好，我是樓有葳，謝謝您給我這個機會，還請您多多指教了。」樓有葳深深鞠躬。她的五官精緻、身材纖細，天生就是當明星的料，態度也謙虛有禮。

「哪裡，妳有個能幹的經紀人啊，好好表現。」練叔叔頷首，喊了偉哥過來接待，偉哥很快帶著樓有葳進入練育澄所在的錄音室。

練叔叔和經紀人交談起來，說明樓有葳配音的相關細節，以及卡通的播出日期，之後經紀人忽然看向我們這邊，又與練叔叔聊了幾句後，再次道謝，便也前往錄音室。

「久等了，走吧，肚子餓了吧？」練叔叔回到我們面前。

「但是育澄哥他還在忙……」我指指錄音室，可以看見樓有葳正和練育澄有說有笑的。

練育澄顯得十分從容，一點都沒有因爲對方是藝人而手足無措，這一幕讓我莫名有種胃酸逆流的感覺。

「沒關係，我們先去，他知道在哪。」練叔叔擺擺手，又問姬品珈，「妳眞的對配音沒興趣嗎？」

姬品珈用力搖頭，再次堅定地說：「我的願望是當一個低調的人。」

「叔叔，你聽見了嗎？她不是覺得自己做不到，或是不適合喔，她是想當低調的人。」爲了轉移自己的注意力，我開口揶揄她。

「如果未來妳對配音感興趣了，歡迎隨時跟我說，我們這邊也有開班授課。」練叔叔朝樓有葳的方向示意，「她的經紀人似乎挺看好妳，若是有意往演藝圈發展，也能與她談談。」

眞想不到，姬品珈來這一趟，竟同時被練叔叔和樓有葳的經紀人相中。

「不錯呢，要飛黃騰達嘍。」

「不不不，我才不要。」姬品珈趕緊拉起我的手，「走吧，叔叔，我好餓呀！」

不知道爲什麼，姬品珈對這類事情始終異常抗拒。練叔叔也沒有繼續這個話題，笑著點點頭，說了句「有女兒的感覺眞好」，然後回頭要張凌提醒練育澄，晚點到餐廳找我們。

我隨著望過去，練育澄正在指導樓有葳該如何發聲，並未多看我們一眼。

忽然間，我有些胃痛，食慾全失。

那天後來，練育澄沒有依約來餐廳。

第十章

我在練育澄的房門口徘徊，好幾次想敲門，卻又收回了手。

正當我煩惱著該怎麼辦的時候，房門冷不防打開，練育澄雙手環胸，面帶笑意，「妳在這走來走去有十分鐘了吧？」

「你知道還不早點開門！」我抬手作勢打他。

「我想看看妳會撐多久，結果是我先忍不住。」他往後退一步，「我也知道妳要做什麼，進來吧。」

我抬起下巴哼了聲，雙手叉腰，不打算進去，而練育澄帶著饒富興味的笑意站在房門口，看樣子打算跟我耗。

斜眼瞄了下手機時間，我決定放棄這無聊的對峙，踏入他的房間。練育澄笑了一聲，好像覺得自己贏了。

「是哪一臺？」我故意問，但練育澄不答。算了，其實我早就查到了，時間也快來不及，於是我直接坐上沙發，打開電視轉到卡通臺。

雖然樓有葳正迅速竄紅，她的經紀公司依舊很小心地幫她過濾每一次的活動與工作，並沒有因爲想一步登天，就貿然爲她接下不適合的工作。

所以，樓有葳獻出配音初體驗的作品，是一部在小朋友之間相當受歡迎的日本卡通，除了電視動畫，每年還會推出一部電影。她的經紀公司並未爭取電影版的配音機會，而是希望練叔叔先爲她在電視動畫裡安排一個主要配角，讓她慢慢累積經驗。

今天，樓有葳配音的角色將首次登場，而且和練育澄所配的角色有不少對話。這個消息只占了新聞版面的一角，在我心中卻是最重要的消息，我想了解練育澄和樓有葳對起戲來，會是怎樣的狀況。

我靜靜坐在沙發上，觀賞著這部我早就不再接觸的卡通，邊看邊吃味地想，上天眞是不公平，樓有葳擁有漂亮的臉蛋以及優秀的歌唱技巧，就連第一次配音的表現也相當出色，我猜過不久她就會接下戲劇邀約，成爲眞正的全方位藝人。

而不得不說，練育澄的聲線的確千變萬化，聽著他所配的角色說話，我根本不會想到配音員是他。

看完三十分鐘的卡通，我沒表示任何感想，也沒其他反應，站起身就要離開。

「就這樣走嘍？」練育澄拉住我的手，「妳這幾天到底在生什麼悶氣？」

「我才沒有。」我背對他，嘟著嘴，還是不太高興。

「少騙人了，每天都一副便祕三天的表情，還只針對我，妳對阿姨和我爸就不會這樣。」

廢話，又不是我媽和練叔叔惹到我，是你是你是你！

居然用便祕三天來形容我的表情，不過這形容詞怎麼這麼熟悉……啊！不正是我之前用來形容過他的詞彙嗎？

這傢伙是我肚子裡的蛔蟲嗎？當時我明明只有在心裡想。

「我猜猜，妳是在生什麼氣呢？」他站起來轉到我面前，一手依舊握著我的手腕，另一手摸摸下巴，裝模作樣，接著彈指，誇張地「啊」了聲，「難道是我和樓有葳一起配音，所以妳吃醋了？」

「吃醋？」這個說法也太不恰當了，「我跟哥哥吃什麼醋。」

「戀兄情結呀！」他理直氣壯。

「你才戀妹情結！是誰不斷逼問我的交友狀況，還把我壓到床上的！」

說完，我立刻後悔了。這句話一講出口，連我自己都覺得奇怪。

可是練育澄卻笑得很開心，「不要再鬧脾氣了，我跟妳道歉好嗎？那是工作耶。」

「哼，為了工作，就不跟家人吃飯了嗎？叔叔都來了，你那天為什麼不過來？」

「就是因為我爸走了呀。樓有葳的經紀人還有事想討論，我這個小老闆也只能出馬啦。」

「好意思自稱小老闆……」我咕噥。

「真的啦，畢竟是我找到適合樓有葳的角色，她的經紀人還算信任我。我稍微跟他們說明了注意事項，後續就交給我爸了。」練育澄耐心解釋，臉上那止不住的笑意十分欠揍。

「哼。」我不肯領情，雖然其實已經不生氣了。

「不然，現在才中午，我們去遊樂園怎麼樣？」沒想到他天外飛來一筆。

「哼。」我依舊這麼回應，嘴角卻已經上揚。

「我開車過去，很快就到了。」練育澄說完，拿起一旁的外套，「妹妹，妳今天就不用帶錢包了，全部算哥哥的，讓哥哥向妳賠罪，好好陪妳吃飯，怎麼樣呢？」

「哼，算哥哥識相。」我趾高氣昂地說，回房間只拿了手機和外套，「我真的什麼都不帶喔。」

「當然，哥哥說話算話。」

平常不准我稱呼他哥哥，這種時候又很喜歡自稱哥哥了。

向爸媽報備後，練育澄便開車帶我前往遊樂園。我沒先問他要去哪家遊樂園，直到下了交流道才赫然發現，是和巫小佟他們一起去過的那家。

高中時代的回憶再次湧現，我的思緒翻騰不已。

「怎麼不下車？」練育澄拉起手煞車，等了我好一陣子。此刻我們在停車場內，今天難得人潮並不算多。

「怎麼……會選這？」

「這裡對我來說有很特別的回憶喔。」練育澄神祕一笑，「阿群就是在這個遊樂園向關筱葦告白，之後他們就開始交往了。」

「是喔……」我不自然地回應，躊躇著是否該說出心裡所想。

「怎麼了嗎？」練育澄低頭看我的臉。

「這裡對我來說也有特別的回憶，我和高中的同學們來過。」我抿嘴。

「這樣啊。」練育澄將車子熄火，下了車後，關上車門。

我頓時一愣。難道他聽不出來，我不太想來嗎……

我這邊的車門被打開，練育澄站在那裡，一手撐著車頂，「不管過去的回憶是好是壞，總不能永遠糾纏著妳吧？」

見我沒有任何動作，他接著說：「重要的是，現在的妳可以怎麼去改變。」他頓了頓，似乎希望我能接話，但我只是呆呆地注視他，於是他只好繼續說，「例如把這裡變成和哥哥之間的美好回憶？」

「你還眞敢講。」我吐槽，不過他的話的確奏效了，我下了車。

當踏上地面時，我的內心百感交集，沒想到有一天還會回到這個遊樂園。

練育澄關好車門，再次主動牽住我的手，「走吧，我什麼都敢玩喔。」

我望著我們交握的手，複雜的情緒逐漸蔓延，但我想將之拋諸腦後，盡情玩樂。就如練育澄所說，讓這一切被美好的回憶取代。

由於我們抵達的時間有點晚，所以才玩沒幾項遊樂設施，練育澄便拉著我去排搭乘摩天輪的隊伍。

這一瞬，當年的情景彷彿就在眼前，我和鬱鬱寡歡的巫小佟以及氣憤難耐的謝茬恩也在這裡排隊。爲了祈求友情長存，我們決定一同搭摩天輪看遊樂園點燈。

可惜當時我們來不及在摩天輪上看見點燈的瞬間，我們的友情也並未長存。而古牧然說他在遊樂園外瞧見了，但與摩天輪傳說的條件也不符合——

在和對方一起搭乘摩天輪時，如果看見遊樂園點燈的瞬間，那戀情便會開花結果，長長久久。

練育澄聽說過嗎？

「輪到我們了，快點。」他催促著。今天遊客不多，我們很快就排到位置，進入紅色的摩天輪車廂。

隨著高度慢慢攀升，夕陽餘暉令整個空間灑滿了橘色光彩，「你知道這個遊樂園的傳說嗎？」

「鬼故事嗎？」練育澄輕笑。

「不是，是搭摩天輪時，如果與對方一同看見點燈的瞬間，那兩人的情感就會長久。」

「是嗎？」練育澄指向窗外的景致，「三、二、一。」

在他倒數完的同時，整座遊樂園的燈光逐漸點亮，以中央廣場的大時鐘上端爲中心，七彩燈串呈放射狀連接起每一項遊樂設施，旋轉木馬的燈泡一顆顆亮起，宛如煙火般絢爛地擴散。我不禁驚呼，這跟當年在地面上看的感覺完全不一樣。

「很美吧？」練育澄十分滿意我的反應，「關於那個傳說，妳知道是怎麼來的嗎？」

我的手貼在玻璃上，目光還離不開下方的燦爛燈火。

「我是在國中的時候，和關筱葦、阿群，以及朋友們一起來的。那時他們兩個之間已經很曖昧了，只差臨門一腳。」練育澄語調輕柔，「離開遊樂園前，大家提議去搭摩天輪，但關筱葦和阿群先進了車廂後，我們便立刻關上門，留給他們獨處的時間，而我們所有人都在下面等。之後，阿群就在摩天輪上告白成功了。」

「啊？」我轉回頭，練育澄似笑非笑的。

他拉起我的手，「從此，就有了一起在摩天輪上看點燈的瞬間，會讓戀情實現的傳聞。不覺得這家遊樂園很懂得做生意嗎？」

「這……」我看著自己的手放在他掌心之中，不由自主地微微顫抖。

「親愛的子青，我的妹妹。」他凝視著我的眼神無比深邃，「希望我們的好感情也能長長久久。」

在這個瞬間，練育澄的臉如此清晰，蓋過了我那逐漸褪色的高中回憶。

✦

「不好意思，再說一次？」

「Excuse me, please say it again.」

「すみません、もう一度。」

「夠了啦！你們是要講完幾國語言！」我用大吼制止姬品珈跟蕭大方的欠揍反應，我剛才只不過是告訴他們，我和練育澄去了遊樂園。

包含一起看點燈。

喔，還有牽手。

也順便說了，我們不是第一次牽手。

以及他搔我癢……然後搔到把我壓制在床上。

「禁斷之戀。」蕭大方再度開口，說出來的依然是這種話。

「練育澄的練，是戀愛的戀吧？戀，育澄。」姬品珈和他一搭一唱，這兩個人是在講夫婦相聲嗎？

「我們只是兄妹。」我說，他們同時翻白眼。

「聽過『我們只是好朋友』這種藉口，還真沒聽過說『我們只是兄妹』的，唉唷，這是什麼本嗎？」蕭大方不知道在講什麼。

姬品珈咳了聲，「我換成比較單純的講法好了，聽過搞不清楚友情和愛情的，沒聽過搞不清楚親情和愛情的。」

「可是，親兄妹不也會這樣嗎？」

「不要在那邊可是！我不聽沒有邏輯的蠢話！」姬品珈要我閉嘴，「那是親哥哥和親妹妹啊！你們又不是親兄妹，別一直執著於『兄妹』這兩個字，拿掉這兩個字，你們簡直就是男女朋友的相處模式！妳還跟一個女明星吃醋，有事嗎？」

「我……」我想反駁，姬品珈卻逐漸提高音量。

「誰要跟哥哥牽手啊?噁心!誰會跟哥哥去遊樂園啊?噁心!誰會和哥哥玩到床上去?太噁心了!」姬品珈跟瘋子一樣大叫,蕭大方連忙提醒她小聲點。

「妳說成這樣,不知情的人都要報警了,敢情是亂倫嗎?」蕭大方嘴上這麼說,卻笑得很開心。

「亂倫……」我喃喃重複這兩個字。

「別傻了,你們又沒血緣關係。」姬品珈壞笑,「更何況,就算是親兄妹,只要相愛,我認爲也沒什麼不妥。」

「哇,姬品珈,妳口味眞重,本子看太多了吧!」蕭大方吐槽,「眞正從小一起長大的兄弟姊妹,噁心彼此都來不及了,怎麼可能會相愛?不行,我光是想像我和自己的表妹在一起,就快要吐了。」蕭大方臉色難看,作勢嘔吐。

「其實……我自己也感覺怪怪的。」即便我多想把一切用「兄妹」兩字來合理化,內心仍明白我和練育澄的互動太過怪異。

「是不是?」姬品珈兩手一攤。

「但也許練育澄眞的只把我當成妹妹。」畢竟他說過想要個妹妹。

「不,應該不太可能,他不是也吃白書安的醋嗎?」蕭大方搖搖手指。

「講眞的,先別管練育澄在想什麼,妳自己呢?」姬品珈雙手放在桌面上。

「我……」什麼意思？

「我覺得羊子青喜歡她哥。」

「我也覺得。」

他們兩個自己達成了共識，我再說什麼好像都不重要了。

「妳先弄清楚自己的想法吧，然後好好和練育澄談一下，如果你們對彼此確實沒有意思，那就保持一點距離。畢竟你們是半途才成爲兄妹，有一條界線會比較好。」姬品珈認眞地建議，「妳也知道，即使他表面上看起來是正常人，也難保本性不會像康榆那樣。」

蕭大方無奈地聳肩，「雖然妳哥不像那樣的人啦，但要是他對妳的占有慾強烈到一定的程度……我們遇過一次康榆，誰都不想再遇到第二次吧。」

「練育澄不會是康榆的，他保護了我，還幫我擋刀，他不會做出傷害我的行爲。」我堅定地說。什麼都可以誤會，就是不能誤會練育澄。

他們兩個面面相覷，接著分別拍拍我的肩膀，又得出同樣的結論。

「羊子青，妳喜歡他。」

我的確有些無法釐清自己的感受，但同時我也告訴自己，我不會、不該、也不能喜歡上練育澄。

爲什麼不行？因爲我們是兄妹，因爲我們的爸媽結婚了，所以當然不行——

可是，眞的不行嗎？

我和練育澄又沒有血緣關係，況且我們剛認識的時候，還不是兄妹……

不，我現在想這些太早了，我們必須先好好討論我們的「兄妹情」。

如果只是誤會，那就好辦；而如果眞的是喜歡，那這段感情才剛開始，得盡快扼殺掉。

爲了不再次做錯選擇，我決定和練育澄開誠布公地談一談該怎麼辦，否則繼續曖昧不明下去，對我們都沒好處。

當我下午回家時，練育澄正準備出門。他臨時接到一個case，要去公司錄音，問我是否一起去，他打算開車。

難道又是跟樓有葳？

「我要去！」

說完，我想起姬品珈得知我吃明星的醋時，那不可思議的表情。事實上，樓有葳大概也就跟練育澄接觸過那一次而已。

在前往公司的路上，我打開車上的收音機，想聽點點滴滴的節目，但今天節目暫停，現在播出的是國際新聞特輯，於是我轉到音樂臺。

「是什麼case？」

「一個廣告，只有幾句臺詞。」他伸手摸摸我的頭，我下意識閃躲，練育澄注意到了，「怎麼了？」

「沒什麼。」我整理著被他弄亂的頭髮。

「很怪喔，又發生什麼事了嗎？」

「沒事啦。」我怎麼說得出原因。

結果一路上，練育澄故意一直唱著「怪怪的怪怪的」，害我忍不住笑了。

我們抵達公司，偉哥和張凌正在沙發處和一對男女說話，練育澄從旁邊繞過去，拿起放在櫃檯上的腳本翻閱。

我偷聽著他們的對話，總覺得那兩人的聲音有些耳熟，然而他們的長相十分陌生，並不是我認識的人。

我湊到練育澄身旁，他發出怪聲練習著發音，這次配音的角色是汽車廣告裡的小孩子。

「你也可以學小孩的聲音？」我好奇地問，他馬上用小男孩的聲調喊我姊姊，我一陣雞皮疙瘩，趕緊制止他。

這時，我再次聽見後頭的說話聲，越聽越覺得那兩人的嗓音很熟悉。我實在太在意了，便小聲問練育澄：「那兩個人是明星嗎？不對，看起來不像……」

練育澄哈哈大笑，「妳很失禮喔。」

「還是他們替什麼卡通或影集配音過？聲音好熟。」我怎樣都想不起來。

「看不出來妳挺厲害的。」練育澄挑眉，湊近我的耳邊，壓低聲音解答，「他們是點點滴滴的主持人。」

我瞪大眼睛，「那個廣播節目？天啊，我都有收聽耶！」

「噓，別這麼大聲，他們兩個沒打算露臉，只有業界人士知道他們的長相而已。」練育澄摀住我的嘴巴，點點和滴滴注意到我們這邊，向練育澄打了招呼。

「嘿，育澄，你今天怎麼會來？」女主持人點點的模樣比我想像中還要年輕些，臉龐圓潤，露出可愛的笑容。

「今天要幫廣告配音，順便帶她來逛逛。」練育澄指指我。

「唉唷，女朋友？」男主持人滴滴戴著一副斯文的眼鏡，氣質像是會在圖書館遇見的文藝青年。

「不是女朋友。」練育澄否認，卻也沒解釋我跟他的關係。

我禮貌地微笑，而點點和滴滴與練育澄聊了幾句後，便在其他人的引領之下，轉往一間錄音室。

「他們來替什麼作品配音?」我問練育澄。

「有部以前很有名的卡通最近出第二季了。」他接著說出名稱，我對這部卡通有印象，國中的時候，我還和朋友去電影院看過電影版。

「廣播電臺主持人都可以兼職配音呀?」我不禁好奇。

「不，配音和廣播錄音差很多，那是剛好點點滴滴兩人的聲線合適。」練育澄說，配音員就是聲音的演員，所以也必須經過試音，就像演員需要試鏡一樣。點點滴滴當初是經由他人引薦來試音的，偶爾會接些配音工作。

忽然，練育澄笑了出來，我問他在笑什麼，他搖搖頭。

「說呀。」

「不要。」

「拜託嘛。」我轉轉眼珠子，「哥哥——」

「喔，我的天!」練育澄翻了白眼，他討厭我喊他哥哥，「算我怕了妳。」

「快點，你是在笑什麼?」我逼問。

他東張西望，「不好在這邊說，等我工作結束後一起去吃飯吧。」

「好，我好餓啊。」我揉揉肚子，練育澄伸手過來戳了戳，我驚呼一聲，「你幹麼！」

「肚子這麼大還說餓啊？」他賊兮兮地笑。

「你眞沒禮貌，怎麼可以這樣！」我捏捏自己的肚肉，「我是女生耶。」

「女生又怎樣？」他扯了我的臉頰，「這裡也肉肉的啊。」

我反過來捏他的腰側，「你自己不也是？腰內肉，好胖。」

「說話要憑良心，我這叫做有腰內肉？」練育澄稍稍掀起衣角，露出結實的肌肉線條。

「的確沒有，我看過，很清楚。」怎麼會有大學生把自己練到這種程度？有夠變態，不知道是想吸引哪個女生。

「妳這番話聽起來眞奇怪。」練育澄摸摸我的頭，瞧著我發笑，那模樣挺蠢的，卻非常好看。

「啊，我的肚子也餓了，講著講著，就突然好想吃腰內肉豬排。」他邊說邊捏我的腰。

我拍開他的手，「你是在說我有腰內肉嗎？我才想吃豬排定食咧。」

「是啊。」他托著腮，慵懶地注視我，「所以我才說想吃。」

我的心癢癢的，這段對話出現在兄妹間明明十分詭異，我卻爲此開心不已。

「謝哥哥恩典。」我故意這麼回答，他再次翻了白眼。

我好喜歡和他鬥嘴，手足之間是這樣的嗎？

不，不是的吧。

手足之間不會這樣的。況且，我們並不是眞正的兄妹。

結束錄音工作離開公司，我坐在練育澄的機車後座，伸手拉住他的衣角，心臟的跳動微微加速。這份心情變化，我比誰都清楚。

「兩份腰內肉豬排。」服務人員端上餐點，我們兩個「哇」地喊了聲，迫不及待地開動。

豬排的滋味實在太棒了，一送入口中，那多汁的肉質令人驚豔無比，美味在嘴裡擴散，我幸福地捧著臉頰咀嚼。

當我要吃第二口的時候，發現練育澄盯著我看，他的嘴角帶著輕柔笑意，瞇起眼睛，「怎麼這麼像豬？」

「你才是豬，你吃同類。」我夾著豬排在他眼前晃，然後張口吃掉，「超級好吃。」

「爲什麼妳吃東西總是可以吃得好像很好吃一樣？」

「是眞的很好吃啊。」

「好吃是好吃。」他咬下豬排，「但妳的表現像是有攝影機在拍。」

「哼。」我喝了口茶，「所以，你到底在笑什麼？」

「我在笑妳吃東西時一臉幸福的樣子。」

「不是，我是說剛才在公司的時候啦！」練育澄肯定是故意的，看他挑眉就知道了。

「我是要說，我也很喜歡點點滴滴的節目，不只按時收聽，以前還call in過。」

練育澄的話讓我內心一凜。

「當時，我裝成另一個人，用了和平常不一樣的聲線，因此點點滴滴沒認出那是我，我也不打算告訴他們……」

「我也這麼做過。」我看著練育澄，沒想到我們居然還有這個共通點。

「什麼？假裝成另一個人嗎？」他問，我搖搖頭。

「我高中的時候也call in過。」

「這麼巧，我也是高中時。」練育澄聳聳肩，「妳打進去後，說了什麼？」

「我原本沒打算call in的，只是想聽節目而已，當時我爸媽一直在吵架，我爲了阻隔他們吵架的聲音，才戴上耳機聽廣播。」高一的事離我並不算太遠，可是對我來說，卻好像已經是很久以前的記憶。

練育澄有點驚訝，「那時候我高三，爸媽也吵得很凶，實在滿煩的。」

「對了，我從來沒問過，叔叔和你媽媽爲什麼會離婚？」我放下筷子，「這個問題會不會太冒犯？」

「不會，但妳也要告訴我妳爸媽離婚的原因。」他神情認眞。

「當然沒問題。」

「我媽外遇了，就這樣。」他聳肩。

「難道離婚的原因都大同小異？我家是爸爸外遇。」我皺眉。婚姻眞的是愛情的墳墓嗎？

明明雙方是因爲愛而結合不是嗎？

「總之，離婚也沒什麼不好，至少他們遇到了彼此，又重新踏入婚姻了。」練育澄往椅背靠去，「只是，妳不覺得婚姻制度有些令人存疑嗎？」

「嗯，那張薄薄的紙一簽下去，愛大概就少了一半吧。」我不禁一笑。

「妳不相信婚姻？」

我點頭。

「是因爲父母的關係？」

「是，也不是。」我聳肩，「我覺得，婚姻制度也許需要調整成其他形式，畢竟隨著社會變遷，舊有的制度也該有些改變。只是基本上，結了婚就必須面對更多現實的考驗，那麼愛當然也難以維持長久。別說什麼眞愛需要考驗，沒有任何事物是該被考驗的。」

「沒想到妳會思考這些。但說得簡單點，其實就只有愛與不愛的差別。」練育澄吃完最後一口飯，服務人員送上甜點。

「那你當年 call in 進去，是說高三大考的事嗎？」我享用著黑糖布丁，好奇地問。

「不，考試對我而言沒什麼好擔心的。」

「好欠揍。」我作勢要打他。

「我是說我的父母在吵架，我希望他們離婚。」

我手上的動作停下，抬頭看他。

「點點和滴滴明顯嚇到了，我當時大概是走投無路了吧。我曾經吼著叫他們離婚，可他們就是不肯，我不明白爲什麼。都沒有愛了，還在撐什麼？」練育澄兩手一攤，「跟經濟狀況無關，我媽自己的事業同樣相當成功，她甚至都和外面的男人半同居了，而我那時即將成年，也不需要照顧，我不理解他們不放手的原因。」

我靜靜傾聽，內心卻翻騰不已。

「所以，我說希望他們能離婚，當然點點滴滴不會給我任何建議，不過……在我之後，有個女孩打進去了。」他扯出一抹微笑，似乎有些懷念，「然後，我按照她的提議做了。」

「你……怎麼做的？」

「我買了離婚協議書，好笑的是，我是在網路上買的，商品頁面還標明每次最低購買量四包，讓處於低潮的我忍不住笑了。我直接分別把一份協議書拿給他們雙方，謊稱是另一方拿給我，要我交給他們簽名。」練育澄停頓了下，抬起下巴，臉上的表情不知是悲傷，還是爲此驕傲，「他們到現在都不曉得是我做的，我推了他們的離婚一把，而我並不後悔。」

我顫抖著拿起水杯喝了口水，接著雙手放到桌面下，不斷絞著自己的手指，掌心全是汗。

「不知道那個女孩後來怎麼樣了，這些年來，我一直很感謝她。」練育澄一手托腮，「妳怎麼不吃了？布丁還沒吃完呢。」

「那個女孩……」我深吸一口氣，「她去書局買了兩包離婚協議書，之後花了一些時間模仿父母的筆跡，分別寫了兩份，交給父母，讓他們以爲是對方寫的。」

「妳最好會知……」練育澄說著，表情忽然僵住，滿臉不可思議。

「她媽媽氣得撕掉了那張協議書，而她爸爸盯著協議書許久，終於打算簽字，但女孩拿回去了。女孩分別對她的父母說『我認爲你們還是面對面簽下比較好』。於是，就這麼簡單，她收回了僞造的協議書，而她的父母在她期中考的最後一天，簽下了那張紙。」我的眼眶盈滿淚水，「這幾年小羊總是在想，當年清湖是不是也做了同樣的決定？他是想爲自己喝采？還是懷抱著罪惡感？又或者他並沒有改變任何事？」

我與練育澄對視許久，無法置信我們會以這樣的方式相遇。他拍了下自己的額頭，忍不住大笑，「太扯了，這眞的太扯了。」

「世界原來這麼小。」

「不！」練育澄起身，走到我旁邊的位子坐下，「這是命中注定的必然。」

他張開雙臂，將我用力擁入懷中。

「練育澄！」我驚呼，這突如其來的動作讓我和周遭的人都嚇了一跳。在他的臂彎中，我看見別桌的客人有的翻白眼，有的則笑得意味深長。

「我一直告訴自己，若有朝一日可以遇見小羊，我一定要緊緊抱住她。」他的聲音好近，就在我的耳邊；他的氣息好近，就吐在我的頭頂，「然後告訴她，謝謝！謝謝妳，小羊，謝謝妳，羊子青。」

我胸口一熱，當年那個與我相似的陌生男孩，做了和我相同的選擇。而多年後，他和我同樣感謝當年的自己，並且我們的父母都再次遇見了愛情。

是啊，這是命中注定的必然。

「也許所謂的愛情，就是巧合所造成的奇蹟。」我好想哭，爲了這美麗的巧合。

我們兩個望著彼此笑了起來，不過離開餐廳時挺尷尬的，大家都在看我們，連服務生也一副「祝你們幸福」的表情。

「這件事我們絕對不能跟他們說，知道吧？」

「還需要你提醒？我可沒那麼笨。」我忽然想勾住練育澄的手臂，而我也眞的這麼做了。

「妳做什麼？」他有點訝異地想掙脫，但並沒有眞的使力。

「就和你剛才想抱住我的衝動一樣，我也就是想這麼做。」不爲什麼，也不是基於愛情或親情，就只是想這麼做而已，「沒關係的吧？我們是兄妹，卻也不是眞正的兄妹，所以無論這個舉動出於哪種意義，都沒關係的吧？」

「……就當作是小羊和清湖吧。」練育澄抓了抓鼻頭。

「對了，你爲什麼會叫清湖？」我叫小羊的原因很明顯，我姓羊。

「因爲我叫育澄。」他回答，我一時沒聯想到，但很快就笑了出來。

「澄清湖？」

他點點頭，如此直接的理由讓我笑個不停，重複說著「練育澄清湖」。

「不覺得『練育』聽起來是『煉獄』嗎？人間煉獄。」他皺眉，「小時候，有段時間我挺不喜歡這個名字，加上爸媽又常常吵架，導致我一度認爲自己不是愛的結晶，而是他們的煉獄。」

「你居然會想這麼多。不過誰知道呢？我並不相信所有父母都絕對會疼愛孩子，也不相信所有父母都不會把孩子當成負擔。」

「所以，小羊眞的是我當時的救命稻草。」

我可以想像，練育澄也許曾經關在那個偌大的房間中，足不出戶，只爲了不聽見他父母的爭吵。他和我一樣，將所有注意力轉移到了廣播節目上，沉浸於只有聲音的世界。

練育澄用另一隻手將我勾著他手臂的雙手往下拉，緩緩攤開我的掌心，與我十指交扣，接著抬起目光，凝視著我。

我像是被他的雙眼禁錮了一般，任由他拉著我的手湊到他的唇邊，在我的手背上印下一吻。

「小羊，謝謝妳，妳改變了我的人生。」

他的眼底深幽如潭，卻也清澄如水，那輕柔的吻異常炙熱，彷彿烙印在我的手背，我想回以微笑，想對他說出同樣的話。

若不是他打了那通電話進去，也不會給予我勇氣。

然而這個當下，什麼都不用說，他也能明白的。

我們誰也沒鬆開交握的手，就這樣走回家，好在客廳裡沒有別人。

第十一章

自從練育澄知道我就是小羊後，對待我的態度更是不同以往，變得更黏我了。雖然他本來就動不動會牽我的手、摸我的頭，但之前多少還能用「兄妹」這兩個字蒙混過去。

再次和姬品珈與蕭大方聊過之後，他們都建議要趕快跟練育澄說清楚。

我也不想繼續拖下去，原本上次就要和他談的，只是沒想到會意外得知他就是清湖。今天趁著爸媽不在家，我打算一鼓作氣釐清這一切。

吃完晚餐、洗完澡後，我們已經看了兩個小時的電視，我卻還找不到時機說。

羊子青，妳到底在做什麼！快點向練育澄問清楚！

「妳一整晚到底都在幹麼？」然而我忘了，他可是練育澄，他怎麼可能沒有注意到我的不對勁，怎麼可能不曉得我有話要說？

「既然你早就發現了，爲什麼不早一點問我？」我癟嘴。

「因爲很有趣呀，我想看看妳能忍到什麼時候。」練育澄關掉電視，雙手往沙發兩邊放，「所以，妳又有什麼事情想說了？」

「就是我們之前也討論過的……」我挪挪身子，坐到地毯上看著他，「我覺得，眞正的兄妹不會像我們這樣。」

「妳是說攜手讓各自的父母離婚嗎？」他居然還有心情開玩笑，我瞪了他一眼，他才咳了聲道歉。

「我問過姬品珈和蕭大方，他們都認爲我們這樣是……曖昧，或者是類似的關係，總之我不管啦，反正你以後不要再亂碰我了，眞正的兄妹應該都會嫌棄對方，而不是像你這樣，或像我這樣。」

「每對兄妹相處的方式又不同……」練育澄說得心虛，抓了抓頭，「我們的關係的確比較特別，但難道妳要說……我們這個樣子……是……」他的臉逐漸漲紅，講不下去。

我想著姬品珈和蕭大方所說的話。給我一點勇氣吧，不能繼續曖昧不明下去了。

高中的時候，我和古牧然誰也沒說破，只是自然地待在一塊，然而如今情況不同，我不能和自己的哥哥關係不清不楚。

「我們是兄妹，就好好地當兄妹。」我下了結論，練育澄卻愣住了。他一手捧著心口，一手朝我伸出，像是要制止我說下去。

「等等，妳這麼說，我怎麼覺得有點難過？」

「你難過什麼？」這下子換我傻了。

「我之前聽阿群說過他怎麼發現自己喜歡關筱葦的，他想像關筱葦和別的男人交往、牽手、擁抱、接吻，甚至結婚，結果心裡很痛苦，沒辦法再想下去……」練育澄的目光移到我身上，認眞地注視我，隨後閉起眼睛緊皺著眉。

「你還好嗎？」他怪異的行爲令我有點擔心。

「我需要去買一些東西。」他站起身，拿了錢包就要往外走，我問他打算買什麼，他只說了五個字，「酒後吐眞言。」

「等等，不要買酒！」我趕緊拉住他，「你忘了酒後亂性這句話？」

他瞇眼，「如果酒後會亂性，那不就表示我對妳不是對妹妹的情感？而如果眞的只是把妳當妹妹，那就不用擔心了，這也是一種測試的方法。」

「是嗎……」

我想，我當下肯定是瘋了，才會同意他的話，和他去便利商店買了一堆啤酒回來。

酒過三巡，當我意識到的時候，他正凝視著我，手指在我的臉頰上游移。他逐漸靠近我，而這個瞬間，我竟然沒有抗拒的想法。

可是，我依然別過頭了，酒精只是一個藉口，早在我認爲彼此關係不單純的那一刻，我們就已經不是兄妹。應該說，或許打從最一開始，就已經不是了。

「等一下，練育澄……」我輕聲說，雙眼迷濛的他動作一滯，似乎明白了自己想做些什麼。

他沒有停頓太久，便將手放在我的肩膀上，認眞看著我，「那妳呢？」

沒頭沒腦的，甚至沒有告白，也許喝了酒讓我們兩個的腦袋都有點不清楚了，忘記了自己現在在哪裡，忘記了他是誰，以及我是誰。

大概也因爲練叔叔和媽媽都不在，使我彷彿從現實掉進了另一個虛幻的空間，產生一種做什麼事情都不需要負責、講任何話也不需要經過思考，可以完全順著自己心意的錯覺。

所以我點點頭。

練育澄一笑，用力抱緊我，面對他如此直接的反應，我感到詫異，更爲自己回擁住他的舉動而詫異。

「說不定從一開始，我就把妳當成一個普通的女生喜歡，卻誤以爲那是疼愛妹妹的心情。」練育澄捧著我的臉，蹙眉微笑，「天啊，到最後，我還是一個變態嗎？居然喜歡上自己的妹妹。」

「醒醒吧，你沒有妹妹。」我笑得開心，也伸手捧住他的臉頰，「我是羊子青。」

練育澄很滿意我的幽默，再度將我整個人擁入懷中，像隻撒嬌的貓一樣在我的頸邊磨蹭。

他親吻我的臉頰、脖子、鼻尖、眼皮，然後來到我的唇邊。在唇上落下一吻前，他凝視著我的雙眼，用嘴型說：「我喜歡妳。」

我好久沒有這麼快樂了，我幾乎忘了被人愛著是多麼幸福的事。

即便內心深處隱隱有一絲覺得不妥的念頭，然而在酒精的催化下，一切猶如做夢般，在夢裡不需要考慮現實。

因此，我輕易接受了練育澄給予的愛情，可隔天醒來，看著躺在我身邊熟睡的他時，強烈的不安立刻排山倒海湧來，令我渾身發涼。

我到底做了什麼？

我想叫醒練育澄，手卻懸在半空中。

把他叫醒以後，我該說什麼？

我很喜歡你，但請當昨晚的一切都沒發生過？

我的眼前一片模糊。無論如何，我們都回不去原本的關係了。

「練……」當我開口時，聽見門外的騷動，心中頓時大驚。我怎麼會忘記自己現在在哪？

我在練家，媽媽也在的家！

他們若是看見了，那該怎麼辦？

我急忙來到門邊，確認外頭的聲音來自樓下後，才偷偷把門打開一條縫，躡手躡腳靠近樓梯，朝廚房望去，隱約可以看見媽媽正在廚房裡。

空氣中飄散著陣陣咖啡香，而練叔叔從另一邊走過去，站到了媽媽身後，他們嬉鬧起來。

「別這樣，等等孩子看到了怎麼辦？」

「他們不睡到快中午不會起床的。」練叔叔的聲音充滿笑意。

「對於育澄把子青當成親妹妹疼愛這一點，我時常想著自己究竟是燒了什麼好香，才能遇到你們無條件地接受我們母女。」

「說這什麼話，我才是該感謝的那個人，我到底燒了什麼好香，才讓妳們能無條件地接納我們父子倆？」練叔叔學著媽媽的話，寵溺無比。

「很會說話呀。」媽媽的語氣聽起來像十幾歲的少女，十分開心。

「不如這樣，下次我們來個家族旅行吧？」練叔叔提議，只聽媽媽驚喜地低呼一聲，「我們一家四口一起出去玩。」

一家四口。

這個瞬間，我目睹了完美婚姻該有的幸福洋溢，我怎麼能因爲和「哥哥」相戀，就奪走這一切？

即便我和練育澄沒有血緣關係，可是對外人來說，我們就是一個家，家中的兄妹相戀，是何等畸形？

我能料想溫柔的媽媽以及開明的練叔叔會說什麼，也許他們很有可能選擇祝福我們，然而在他們內心深處，難道不會有一絲絲的不快，或是……噁心嗎？

沒想到，只需要一個簡單的畫面，我的想像力便能徹底摧毀我對練育澄的所有愛情。

「妳去哪了？」當我回房時，練育澄揉著眼睛，從床上撐起身。

我坐到床邊，而他從後方環抱住我，就像剛才練叔叔環抱著媽媽一樣。

我拿開他掛在我腰間的手，他似乎還沒睡醒，一臉迷糊地問：「怎麼了？」

「你快回你的房間，叔叔和媽都起床了，別讓他們發現。」

「有差嗎？我打算告訴他們。」練育澄嬉皮笑臉的，然後扶著自己的頭，「喝太多了，頭好痛。妳沒事吧？」

「昨天的事情，就當沒發生過。」

練育澄停下動作，似乎懷疑自己剛才聽到了什麼，「妳說什麼？」

我深吸一口氣，握緊雙拳轉身看他，「我說，就當作沒有昨晚那回事，你快回房間去。」

「妳怎麼了？妳昨天明明說……」

「對，我是說了！」我提高音量，蓋過他的聲音，「雖然我們沒有血緣關係，在道德上不算亂倫，可是我們的父母有婚姻關係，在法律上，我們這樣是亂倫。」

練育澄瞪圓眼睛，「亂倫？妳知道自己在說什麼嗎？」

「反正這一切都是錯的，是錯誤的！」我將他從床上拉起來，「你快點回去，快出去啦！」

「羊子青！」被我不由分說地往門外推，練育澄慌張地喊，但我沒有理會，因此他識相地安靜下來，拿起地板上的衣物，回到了自己的房間。

我的胸口疼痛無比，承認感情後又親手推翻的感覺，並不好受。

當我意識到的時候，我已經在整理行囊了。

我推著行李箱，趁練育澄正在他房內梳洗，匆忙告訴練叔叔和媽媽，我要去姬品珈的家住幾個晚上，然後就要離開。

「不吃完早餐再去嗎？」媽媽追到大門口。

「不了，我和姬品珈一起吃！」我跳上事先叫的計程車，隱約看見練育澄好像從屋裡追了出來，不過我沒敢確認便逕自離去。

我關閉手機，就怕自己的決心動搖。

當見到睡眼惺忪、顯然還搞不清楚狀況的姬品珈時，我撲進她的懷中大哭起來。她自然地抱住我，輕拍我的背，無條件接受了我的軟弱，「好乖好乖，沒事的。」

得知我和練育澄之間發生了什麼，她先是摀住嘴巴，接著露出心疼的表情。

「沒有對，也沒有錯，沒事的。」平時意見最多的她，在這種時刻卻宛如大姊姊一般，溫柔地包容我。

於是，我這個逃避現實的膽小鬼，就這樣暫時在姬品珈這裡住下。

練育澄當然不會如此輕易就放棄，好在他不知道姬品珈的家在哪，而蕭大方也幫我攔住了來學校找我的他。

「妳確定妳哥不會在我買完鹹酥雞後，忽然開車撞我吧？」蕭大方還有興致開玩笑，雖然他也可能是真的有點擔心。

可是三天後，練育澄不再來我的學校了。他的消失使我鬆了一口氣，卻又感到無止盡的空虛，彷彿少了些什麼。

離家第五天，我詢問偉哥今天是否有練育澄的配音case，得到了肯定的答案。因此，我算好練育澄不在家的時間，決定回去一趟，拿幾件衣服替換，否則穿來穿去都是那幾套。

然而千算萬算，卻沒算到偉哥竟然會把我打聽練育澄行程的事告訴他，所以當我拖著行李箱來到自己的房門前，準備開門時，練育澄趕了回來。

「羊子青！」他跑過來，我嚇了好大一跳，馬上衝進房間裡，連行李箱都來不及拖進去便急忙鎖門。

「羊子青！妳不能這個樣子！」他用力拍著我的房門。

「你才不要這個樣子，你嚇到我了！」我用背抵著門，驚慌地喊。

拍門的聲音停止，練育澄冷靜下來後，輕敲了房門，「羊子青，我們談談好不好？」

「我們沒什麼好談的。」說完，我掉下眼淚，「我們不能在一起。」

「就因爲我爸和妳媽？」

「難道這個理由還不夠嗎？」

「我上網查過了，他們不一定要離婚，只要我爸或妳媽不收養我或妳，在法律上就完全沒問題……」

「你捨得讓他們這樣？」我反問，練育澄安靜下來，「要我媽放棄領養你當兒子？要你爸放棄我當他的女兒？練育澄，我們不能這麼自私……」

他站在門的那一邊，良久沒有說話，然後我聽見他返回房間，又再次走到我的房門口。

「我有東西要給妳。」他的語氣淡得聽不出情緒。

不能在這時候，現在還不行，在我整理好自己的情緒前，我不能就這麼見他。

「子青，我放在這，妳一定要聽。」接著，有東西被掛到門把上，練育澄拖著沉重的腳步離開了。

樓下大門開啟的聲響傳來，接著機車發動。

我又等了幾分鐘，才緩緩拉開窗簾一角，練育澄的機車不在了。

猶豫了下，我打開房門，門把上掛著一個小型托特包，裡頭有一支黑色的錄音筆。

我不應該聽，聽了或許會動搖我的決定。

可我還是將錄音筆與電腦連接，我想知道練育澄錄了些什麼。

音檔長度不到五分鐘，檔名只寫了日期，是三天前。

我戴上耳機，點擊兩下滑鼠，出現了吵雜的背景音，聽起來像是在一個空曠的地方，練育澄的聲音隨即響起。

「我是大傳系大四的學生，爲了完成選修課的作業，我需要進行街頭採訪。請問妳們願意受訪嗎？」

這是什麼？練育澄給錯檔案了嗎？我正準備快轉，對方卻答話了。

「我不太方便。」

我的腦袋嗡嗡作響，雙手緊緊交握。

這是巫小佟的聲音。

「有什麼關係，幫學長一個忙嘛。」另一個人開口，是謝茌恩。

我有多久沒聽到她們的聲音了？既熟悉又陌生，她們就在我耳邊說話，我卻見不到她們。

「拜託妳們幫個忙，這個採訪不必露臉，也不會要妳們說出自己是哪個系所的學生。」練育澄的語氣誠懇而焦急，雖然我想那多半是演出來的。

「啊，我認得你！是練育澄學長對吧？」謝茌恩興奮地說，「他在大傳系很有名呀，他家是那個練習發聲錄音公司。」

巫小佟沒有作聲，而練育澄笑了，「既然如此，就請妳們相信我吧，不然也可以相信我家公司那塊招牌，不會有問題的。」

他們三個安靜了一會兒，一時間只剩下風聲以及遠方的喧鬧聲，不過很快，練育澄便說：「好，非常感謝妳們，我想問幾個問題，妳們隨意回答就好。」

「好哇。」謝荏恩語氣輕快。

「請問，妳們相信男女之間有純友誼嗎？」練育澄提問。

「嗯，相信。」謝荏恩哈哈笑了，「她跟我一樣。」

「那請問，如果今天對方長得很帥，妳們還覺得能和他有純友誼嗎？」練育澄又問。

「這就比較困難一點了，如果他到處拈花惹草，個性又爛，還是勉強可以吧？」謝荏恩有點不確定。

「我認為每個人潛意識裡都會在第一次見面時，將對方分類，分成有可能發展的對象，或是不可能發展的對象。」巫小佟如此回答，「所以，能不能單純把對方當成朋友，在最開始就會知道了。」

「好，那麼請問，妳們有男生朋友嗎？」練育澄再問。

「有！」

「有。」

她們異口同聲。

「假如有一天，妳們和要好的朋友喜歡上同一個人，妳們會怎麼做？」練育澄停頓了下，「就想像是妳們彼此吧。」

「我會放棄。」謝荏恩毫不猶豫，她跟以前一樣，凡事都爲巫小佟著想，和我完全不同。

「我會……跟她好好談，爭取看看……」巫小佟遲疑地輕聲說。

「哇，妳們對彼此很誠實呢，想必眞的是非常要好的朋友才能這麼誠實，我聽得出來喔。除非經過訓練，否則聲音也不會說謊的。」練育澄顯得相當自豪，「再來一個假設吧，如果妳們兩個不小心傷害了對方，妳們會怎麼做？」

「就道歉呀，然後和好。」謝荏恩直截了當。

「我也是。」巫小佟回應。

「那……」我彷彿聽見練育澄深吸一口氣，「假如是很嚴重的事情，妳可能不想再見到她了，或是沒機會再見到了，妳們會怎麼辦？」

她們兩個沉默下來，不曉得是在思考，還是拒絕回答。

「我換個方式說好了，妳們有過類似的經驗嗎？和好朋友大吵了一架，可是其實已經不氣對方了，也明白沒什麼好生氣的，卻已經無法回到過去。而關於讓妳們吵架的事，事實上沒有誰對誰錯，就只是立場不同。」練育澄耐心引導，「假設有個這樣的對象，妳們會對跟她說什麼？」

「我覺得就不用聯絡了……」謝荏恩的話狠狠刺進我的心，她現在的聲音與過去的聲音在我的腦海中重疊，我心跳加快，難以承受地想關掉音檔，「但是……」

但是，她說了「但是」。

「雖然不用再聯絡了，但是我們曾經的情誼還在，只是各分東西而已。」謝荏恩的話使我愣住，就這麼在螢幕前模糊了視線。

「你也說了，只是立場不同，就如同剛才她說會選擇放棄，而我選擇爭取機會一樣，沒有誰對誰錯，不過我們都對彼此誠實說出了想法。」巫小佟的聲音輕飄飄的，略顯虛幻，我幾乎可以想像曾經愛笑的她眼底有著滄桑，「有時候，有些事情是無法解決的，也不需要解釋，你又能奈人生何呢？」

「那如果妳們有一個那樣的朋友，現在妳們會想對她說什麼？」練育澄輕聲問。

「妳說吧。」謝荏恩說。

「希望妳好好生活，快樂、健康，做每一個決定時，都能忠於自己。」

錄音到此結束。

我的眼淚潰堤，練育澄居然爲了我，去找了巫小佟和謝荏恩，繞了那麼大一圈錄下這段話，間接給予我救贖。

我掉著眼淚，拿起手機打給他。

他很快接起來，我哭著對他說：「不要爲我做這些事！我說了，爲了叔叔和媽媽，我們不能在一起！」

「無論我們會不會在一起，我都會爲妳做同樣的事。」練育澄的語氣十分平靜，他似乎是在大馬路邊，我隱約聽見車子呼嘯而過。

「我不要你這麼做！」

「爲什麼？」練育澄大聲問，「因爲妳會心軟？」

「我……」我摀住嘴。

「妳聽到巫小佟說什麼了，她希望妳做每一個決定時，都能忠於自己，但現在妳呢？」練育澄的聲音微微顫抖，「我知道妳也喜歡我，我也理解妳爲阿姨和我爸著想的心情，可是妳連爭取都不肯，妳連承認都不願。我說過，重要的不是過去發生了什麼，而是妳從那些經歷學到了什麼，妳不是同樣學到了要面對自己眞正的想法嗎？」

「雖然我很慶幸當年促成了我爸媽離婚，然而我一直以來……都矛盾地活在對這件事的愧疚裡，所以她能和你爸在一起，我眞的眞的眞的很高興……」我聲淚俱下，「如果我們要在一起，他們就得離婚才行，他們人生中第一次離婚已經是因爲我們，第二次怎麼能又是因爲我們？」

練育澄沒有回話，我哭著繼續說：「他們能夠再度找到一生的摯愛不容易，而你和我都有可能再遇見其他人。」

「妳是這麼想的嗎？」練育澄厲聲問，「妳真的是這麼想的？」

我不是！

現在的我無法想像和不是他的人在一起。

但是，媽媽也曾經無法想像有一天會和爸爸離婚，最後他們還是離婚了啊！

在事情還沒有發生之前，當然無法想像，所以痛苦的過渡期是必然的。

「對，我不要和你在一起。」我說。

承受這份痛苦，或許是一種代價。

練育澄的聲音消失在電話那頭，我的手機螢幕返回主畫面。

就這樣吧……就這樣……

我趴在桌上不斷地哭泣，告訴自己一定要在這時候把眼淚都流乾，之後練叔叔和媽媽回家，練育澄也回來後，我們還必須演好一對兄妹，我不能讓他們看到我紅腫的雙眼。

猶如回到孩提時犯了錯只需哭泣的那段時光，我像是用光了所有眼淚，整整哭了快一個小時，才終於稍微止住淚水。

我起身去洗澡，讓溫水淋過我的雙眼，試圖使眼皮看起來別腫脹得那麼明顯。

洗完澡後回房，我呆坐在電腦螢幕前，又紅了眼眶。我趕緊拿衛生紙擦乾淚水，並習慣性打開廣播頻道，收聽點點滴滴的節目，試圖讓自己轉移注意力。

「……就說不是那樣了，哈哈哈。」點點輕柔的笑聲從喇叭傳出。

「不然妳說說看呀，人生中本來就有許多遺憾的事，這種太老掉牙的主題就別做了。」他們似乎在爭論什麼，但我沒聽到前面的內容。

「好，不然今天來個比較特別的主題吧，怎麼樣？」點點的語氣略帶挑釁。

「換妳想了，每次都是我提。」滴滴抱怨。

「我想想……不然就『想對誰說什麼話』這個主題？」

「很普通吧！」滴滴吐槽。

「偶爾來點平凡的主題，也許迴響反而會更熱烈喔。」點點不以爲意，「看，線上馬上有不少人了，我們來接第一通電話吧。」

「哈囉，你叫什麼名字，想對誰說些什麼呢？」

「我是清湖。」

我一愣，聽著那屬於練育澄卻又不像他的聲音，出現在廣播之中，那是他身爲「清湖」時的聲線。

「清湖你好，請問你幾歲呢？想說些什麼？」點點問。

「我幾年前曾經call in進來，當時我說希望我爸媽能夠離婚。」練育澄表示，「之後下一通電話，有個叫小羊的女孩提議，要我拿離婚協議書給爸媽簽名，當時你們很尷尬。」

「呃……好像……啊啊啊，有印象！結果後來呢？」滴滴驚呼。

「我爸媽，還有小羊的爸媽都離婚了。」

「等等，你怎麼會曉得小羊的爸媽離婚了呢？」點點十分好奇。

「因爲後來，小羊的媽媽和我的爸爸結婚了。」

「什麼？」點點和滴滴齊聲喊，而我不可思議地盯著電腦螢幕。

「然後，我喜歡上小羊了。」練育澄低聲說，「可是她卻因爲父母的關係，認爲我們不該在一起。」

「等一下，這太勁爆了！所以你們現在是……」滴滴明顯激動了。

練育澄吸了一口氣，「我想對小羊說，這是我最後一次問妳，難道妳眞的不想跟我在一起？難道又要爲了別人，而放棄自己的愛情？」

「小羊也在線上收聽嗎？」點點提高音調。

「我知道妳在聽的，小羊。」練育澄的聲音無比溫柔，「我現在就在妳的房門外，如果妳願意接受，就打開門，如果妳沒開門，我從此不會再問。」

我淚流滿面地回頭，看著門縫間的影子，練育澄確實站在外面。

接著，我的房門與電腦音響同時傳來敲門聲。

「開門好嗎？小羊。」

然後他便掛斷了電話。

尾聲

「哈囉，歡迎收聽點點滴滴。」男女主持人齊聲說。

「最近我們收到最多的疑問，就是關於清湖和小羊了。」點點慵懶地說，「別再問了，連我們都不曉得結果啊。」

「我想一定是成了，這樣認爲就可以了。」滴滴倒是很樂觀。

「誰知道呢，說不定根本沒有，而清湖也不會再打電話進來告訴大家了。」

「可能有新的聽眾搞不清楚是怎麼回事，我來解釋一下。前些日子，有位名叫清湖的聽眾打電話來，提到他曾因爲我們的節目，與一位叫做小羊的女孩有了短暫交集。多年後，兩人意外在法律上成爲兄妹，卻喜歡上對方，但小羊不願意接受。最後，清湖在線上向小羊告白，當時現實中的他就站在小羊的房門前，等著她開門，如果開門就代表答應和清湖在一起。」

「我們聽見了他敲門，可是下一秒電話就掛斷了，我們根本不知道小羊有沒有開門啊！這段戀情到底有沒有實現呢？」點點相當扼腕。

「我覺得肯定實現了。」滴滴又說。

「不見得，我還是想了解眞實狀況。」點點嚷嚷。

「好吧，拜託清湖或是小羊，假如你們有聽到，拜託行行好，可憐一下點點，打個電話來說說你們後來如何了，這也是爲了廣大聽眾著想。」滴滴的話音帶著笑意。

我瞇起眼睛，感受著陽光灑在身上，意識有點朦朧。在迷濛之中，我彷彿看見古牧然的臉。

他在我們最後一次見面時，要我做出選擇，問我是選擇巫小佟，還是他。

他說他永遠無法原諒巫小佟，因爲她的自私與錯誤，帶走了他的好朋友。

所以，他希望他最愛的我能站在他那邊，能捨棄巫小佟這個朋友。

其實不用他逼我，我也已經下意識做出選擇，我認爲是巫小佟的錯。

因此，當時我才會問出那句：「如果能讓妳再選擇一次，妳還是會喜歡上阿希嗎？」

爲此我愧疚又後悔，無地自容。

我已經背叛了我們的友情，曾經發誓會永遠無條件站在她們那邊的我，背叛了約定。

若這時我又選擇了愛情，那我算什麼？

於是我回答古牧然，我會選擇巫小佟，爲了友情，我很驕傲。

然而那只是我自欺欺人，最後我愛情與友情都失去了，更陷入無止盡的自責，可我什麼都不敢做。

張茗音沒說錯，我後悔了，而且一直都在後悔。

「在想什麼？」他的手撫過我的臉頰，我輕輕張開眼睛。

眼前這個男人曾告訴我，過去的事已經無法改變，重要的是，我從那之中學到了什麼。

「想你吧。」我朝他微笑，「你聽到廣播了吧？」

他點點頭，靠向我一些，將我攬進他的懷中，撫摸著我的頭髮，輕輕親吻我的臉頰。

「就讓我們的事成爲點點滴滴這個節目的傳說吧，就跟遊樂園的摩天輪傳說一樣。」

我笑了起來，也伸手擁抱住他。

沒錯，我開門了。

也許這麼做十分自私又不負責任，不過我終於忠於自己的心，做出了選擇。

該面對的總是要面對，我們告訴了父母這一切，他們的反應卻平靜得令我這幾天的眼淚顯得可笑無比。

始終以爲他們已經公證結婚的我們，也因此才得知，原來他們兩人並沒有去辦手續。

「不然以後如果想分開，又要再辦一次離婚，太累了。」他們開玩笑地說，這是什麼黑色幽默？

「況且，就算我們真的結婚，並分別收養你們當子女，你們的相愛對我們來說也不會是問題。捨棄親子關係不就好了嗎？」練叔叔豁達地補充。

「什麼？」我不由得瞪大眼睛，對於他們的胸襟之開闊感到不可思議。那之前我是在煩惱什麼？

練育澄惋惜地拍拍我的肩膀，「這麼一來，妳以後就繼承不了練家的財產了。」

「你在說什麼啊！」我打了他一下，而練叔叔哈哈大笑。

也許我們這樣的家庭乍看有點詭異，畢竟一個屋簷下竟然有兩對情侶。

但他們真不愧是我們的父母，即便看到我們交握的手，也只是心領神會地給了彼此一個眼神。

好像一切如此自然，好像一切本該如此。

在這瞬間，我忽然意識到——

好像一切，他們都看在眼裡。

包含當年那張協議。

全文完

後記 你會唱情歌嗎？

這一次的系列主題並不難猜，我發現已經有人猜對了，眞的很佩服大家的觀察力呢！

跟隨我已久的小Misa大概都明白我的套路，因此讀過《我在昨天等你》後，大多數的人都猜想下一本書的女主角會是謝茌恩或羊子青，而若是羊子青，她的對象便是古牧然。

沒錯，羊子青與古牧然確實有過一段故事，而這段故事與巫小佟和賀存恩息息相關。爲了避免有些人可能沒看過《我在昨天等你》，撰寫《小羊不會唱情歌》時，我盡可能避開了關鍵字眼，但又不讓大家看不懂。

不知道大家有沒有聽過錄音帶呢？

小時候，我總是會在睡前聽錄音帶故事，透過收音機裡傳出的不同聲音，去想像劇情的畫面。那時我就覺得「聲音」是非常不可思議的，即使沒有看見對方的臉，也能藉由聲音感受到情緒。

所以有一陣子，我喜歡模仿故事錄音帶裡頭的說話方式，包括那誇張的抑揚頓挫，甚至幻想過未來要當配音員。

於是，練育澄這位角色便這麼誕生了。好巧不巧，前陣子我有幸前往一家配音公司體驗配音，深深覺得那是非常非常不容易的事，和我兒時自己學著錄音帶的發音完全不同，是真正地用聲音在演戲。

隔行如隔山，無論哪個行業都有其專業之處，若沒有自己體驗過一次，眞的不會懂得其中的辛酸與辛苦。也正是因爲經歷了那份挫折，成果出爐時才能獲得巨大的成就感。

好像扯遠了哈哈哈。

記得有位小Misa說過，感覺《我在昨天等你》的巫小佟一直在逃避，即便到了最後，還是在逃避。

是的，巫小佟是一個不夠勇敢的人。

而《小羊不會唱情歌》裡的羊子青，則是個不敢面對自己眞心的人。每個人都有一套自己的價値觀或行事準則，但我們往往會被外人的眼光、社會的標準所束縛，而做出違心之舉。

羊子青無法坦然面對自己心中眞正的想法，她其實沒把巫小佟和謝荏恩當作好朋友，這並非錯事，也許就只是感覺不對，有時你很難說出那種感覺是基於什麼。可是，羊子青認爲自己不該如此，然而最後她依舊失去了友情和愛情，那些青春歲月的記憶，都遺留在了過去。

或許有些小Misa會感到疑惑，怎麼不安排她在故事尾聲與巫小佟、謝荏恩，甚至是古牧然相遇，解開誤會呢？或者至少他們能各自釋懷也好。

寫作了這麼多年，隨著年紀增長，我對於一些事情的看法也慢慢改變。許久以前的我，會希望男女主角能夠排除萬難走到一起，不過寫作時，我又會認爲在現實中即便相愛，也可能由於各種不可抗拒的因素而分開。不是兩人之間的愛不夠堅定，而是有時眞的只有離開這條路可以走。

如今，當我在寫小羊的故事時，最初確實曾經想過，要讓古牧然在最後出現，讓兩人放下過去。可當我寫著高中時期的他們時，卻忽然覺得，古牧然不需要出現在「現在」了。

已經不需要解釋，也不需要讓他們解開心結。

事情已經發生了，無論如何都不會改變。他們不必面對面談話，隨著成長，他們會各自找到解釋、各自理解彼此當時的選擇。

所以我決定，就讓小羊青春時期遇見的人留在青春之中吧。如同練育澄所說，最重要的是，你在那段看似痛苦的經驗之中，學到了什麼？

關於羊子青與練育澄的相識過程，大家是否覺得浪漫呢？很久以前，我也曾熱愛某個廣播節目，聽著主持人好聽的聲音，便彷彿走入他的世界一般。而聽了call in進去的人訴說的煩惱，我總會忍不住想，這個人在現實裡長什麼樣子呢？過著怎樣的生活呢？

說不定在那時候，我的心裡就埋下了讓兩個陌生人透過電臺節目認識對方的想法，只是直到二十幾年後，才寫了出來。

另外，關於練育澄上網買離婚協議書，結果發現最低購買數量是四包這件事，是眞的。我在確認網路上是否有販售離婚協議書時，看到某個網站的最低購買量就是四包，這實在太黑色幽默了，難道要讓人去揪團嗎？

至於第三集的女主角，想必大家都猜到了，正是姬品珈。有發現這個系列的女主角姓氏都很特別嗎？嘿嘿。

最後再提一下，雖然練育澄的爸爸和羊子青的媽媽經歷失敗的婚姻後，幸運地又遇見了對方，並且互許終身。但若當時沒有他們的兒女那輕輕一推，他們又怎能找到下一段幸福的愛情呢？

要找到新的希望，也得先捨棄原本所擁有的。希望大家都不要害怕面對放手的疼痛，努力追尋任何你想追尋的人事物吧！

（但千萬不要變成康榆喔！）
那我們就下次見啦。

Misa

城邦原創　長期徵稿

題材

(1) 愛情：校園愛情、都會愛情、古代言情等，非羅曼史，八萬字以上，需完結。
(2) 奇幻／玄幻：八萬字以上，單本或系列作皆可；若是系列作，請至少完稿一集以上，並附上分集大綱。

如何投稿

電子檔格式投稿（請盡量選擇此形式投稿）

(1) 請寄至客服信箱 service@popo.tw，信件標題寫明：【投稿城邦原創實體書出版／作品名稱／真實姓名】（例：投稿城邦原創實體書出版／愛情這件事／徐大仁）
(2) 稿件存成word檔，其他格式（網址連結、PDF檔、txt檔、直接貼文於信件中等）恕不受理；並請使用正確全形標點符號。
(3) 請附上真實姓名、性別、聯絡電話、email、POPO 原創網會員帳號、作者簡介與出版經歷。
(4) 請加入 POPO 原創市集（www.popo.tw/index）申請成為作家會員，並將投稿作品公開放上該網站至少 4 萬字，若想全文公開也可以。

紙本投稿

(1) 投稿地址：10483台北市民生東路二段141號6樓
城邦原創實體出版部收
(2) 請以A4紙列印稿件，不收手寫稿件。
(3) 請附上真實姓名、性別、聯絡電話、email、POPO 原創網會員帳號、作者簡介與出版經歷。
(4) 請自行留存底稿，恕不退稿。
(5) 請加入 POPO 原創市集（www.popo.tw/index）申請成為作家會員，並將投稿作品公開放上該網站至少 4 萬字，若想全文公開也可以。

審稿與回覆

(1) 收到稿件後，約需2-3個月審稿時間，請耐心等候通知。若通過審稿，編輯部將以email回覆並洽談合作事宜，如未過稿，恕不另行通知。
(2) 由於來稿眾多，若投稿未過，請恕無法一一說明原因或給予寫作建議。
(3) 若欲詢問審稿進度，請來信至投稿信箱，請勿透過電話、客服信箱、部落格、粉絲團詢問。

其他注意事項

(1) 請勿抄襲他人作品。
(2) 請確認投稿作品的實體與電子版權都在您的手上。
(3) 如果您的作品在敝公司的徵稿類型之外，仍然可以投稿，只是過稿機率相對較低。

國家圖書館出版品預行編目資料

小羊不會唱情歌／ Misa著. -- 初版. -- 臺北市；城邦原創出版：家庭傳媒城邦分公司發行, 2019.01
面；　公分

ISBN 978-986-96968-8-3（平裝）

857.7　　108000020

小羊不會唱情歌

作　　者／Misa
企畫選書／楊馥蔓
責任編輯／陳思涵

行銷業務／林政杰
總 編 輯／楊馥蔓
總 經 理／伍文翠
發 行 人／何飛鵬
法律顧問／元禾法律事務所　王子文律師
出　　版／城邦原創股份有限公司
台北市中山區民生東路二段 141 號 6 樓
電話：(02) 2509-5506　傳眞：(02) 2500-1933
E-mail：service@popo.tw
發　　行／英屬蓋曼群島商家庭傳媒股份有限公司城邦分公司
聯絡地址：台北市中山區民生東路二段 141 號 6 樓
書虫客服服務專線：(02) 25007718．(02) 25007719
24小時傳眞服務：(02) 25001990．(02) 25001991
服務時間：週一至週五09:30-12:00．13:30-17:00
郵撥帳號：19863813　戶名：書虫股份有限公司
讀者服務信箱 email：service@readingclub.com.tw
城邦讀書花園網址：www.cite.com.tw
香港發行所／城邦（香港）出版集團有限公司
地址：香港灣仔駱克道 193 號東超商業中心 1 樓
email：hkcite@biznetvigator.com
電話：(852)25086231　傳眞：(852) 25789337
馬新發行所／城邦（馬新）出版集團 Cité(M)Sdn. Bhd.
41, Jalan Radin Anum, Bandar Baru Sri Petaling,
57000 Kuala Lumpur, Malaysia.
電話：(603) 90563833　傳眞：(603) 90576622
email:services@cite.my

封面設計／Gincy
印　　刷／漾格科技股份有限公司
電腦排版／陳瑜安
經 銷 商／聯合發行股份有限公司
客服專線：(02)2917-8022　傳眞：(02)2911-0053

■ 2019 年 1 月初版
■ 2023 年 1 月初版 7.8 刷
Printed in Taiwan

定價／260元

ISBN　978-986-96968-8-3